公園の小さな　なかまたち

気むずかしやの伯爵夫人《はくしゃくふじん》

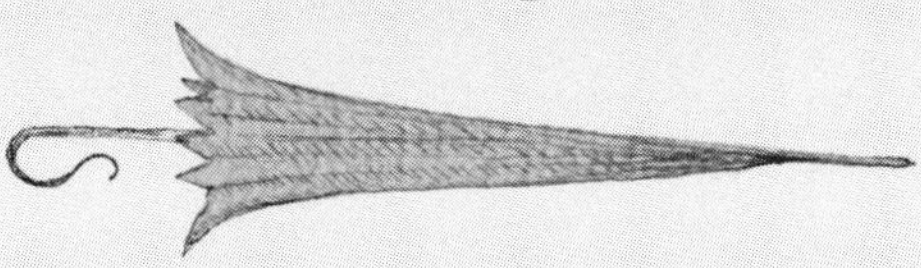

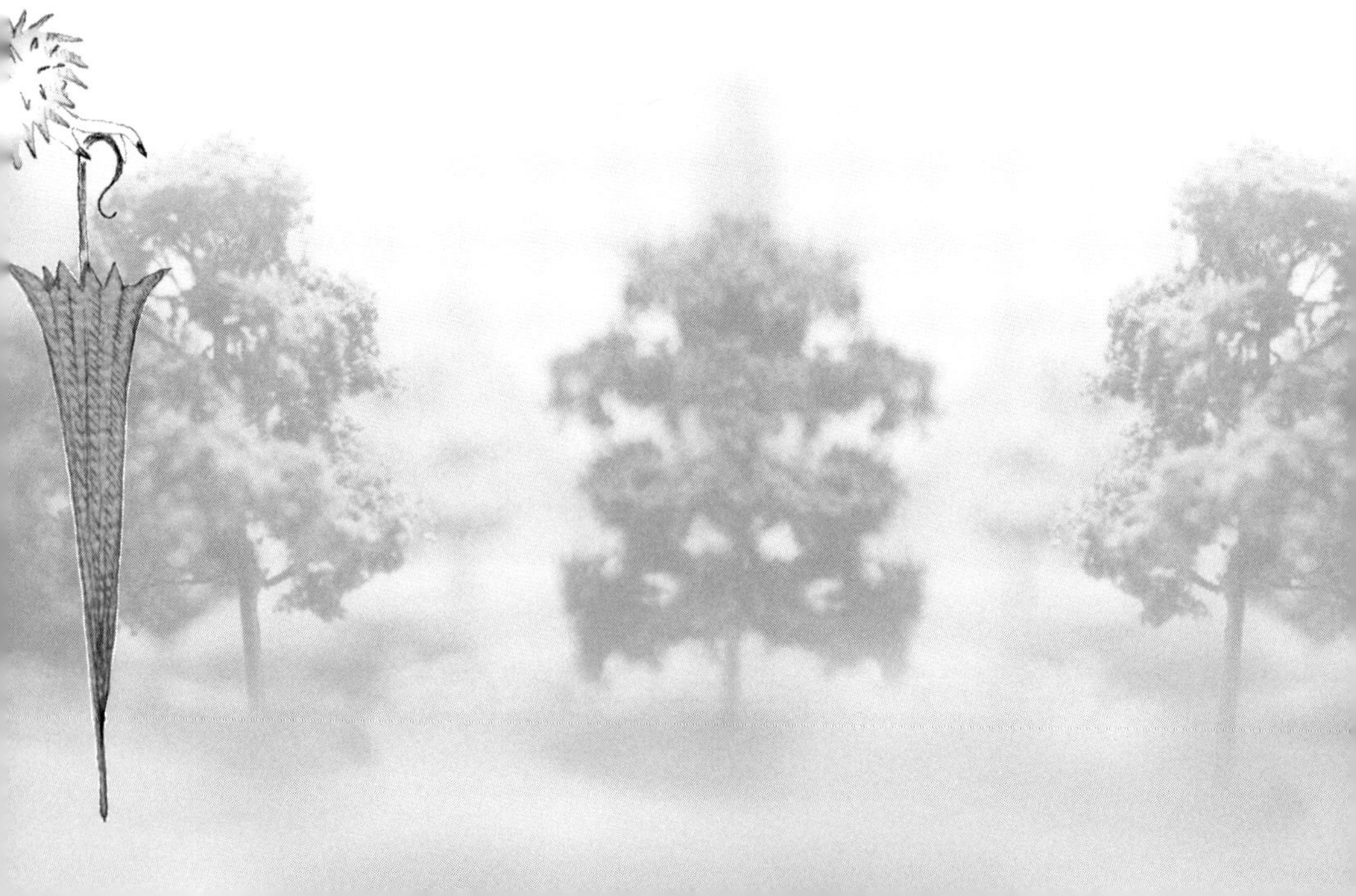

気むずかしやの伯爵夫人《はくしゃくふじん》

サリー・ガードナー 作絵　村上利佳 訳

偕成社

公園《こうえん》の住人《じゅうにん》たち

キルト

船《ふな》のりの人形《にんぎょう》。人《ひと》なつこい性格《せいかく》だけど、
気《き》がよわい。

ブーラー

まじめでしっかりもの。
人形《にんぎょう》たちのリーダー。

チンタン

やさしくて、なかま思《おも》い。
赤《あか》いほっぺの、布《ぬの》の人形《にんぎょう》。

ネズミさんとおくさん

少《すこ》しおっちょこちょいだけど、
陽気《ようき》でおしゃれなネズミさんと、
気《き》だてがよく、料理上手《りょうりじょうず》でおちゃめなおくさん。
いつも親身《しんみ》になって人形《にんぎょう》たちを助《たす》けてくれる。

アーンスト

ネズミさん夫婦《ふうふ》のおいっ子《こ》。

伯爵《はくしゃく》夫人《ふじん》

プライドが高《たか》く、
気《き》むずかし屋《や》のアンティーク人形《にんぎょう》。

スティッチ

小《ち》さい男《おとこ》の子《こ》の人形《にんぎょう》で、
あまえんぼう。

ミスター・ウルフ

公園《こうえん》の人形劇場《にんぎょうげきじょう》で
おしばいをしている、
オオカミのあやつり人形《にんぎょう》。

ニャーゴ

公園《こうえん》のかんり人《にん》がかっているネコ。
気《き》があらく、みんなにおそれられている。

The Countess' s Calamity

by

Sally Gardner

Originally published by Bloomsbury Publishing PLC, 2003
Japanese edition published by Kaisei-sha Publishing Co.Ltd., 2007
by arrangement with Bloomsbury Publishing PLC
through Japan UNI Agency, Inc., Tokyo

1

これは、五人《にん》の人形《にんぎょう》のお話《はなし》です。

五人《にん》は箱《はこ》に入《い》れられて、とある公園《こうえん》の、いすの下《した》に置《お》きざりにされていました。どうして、そんなところに置《お》かれていたのでしょう？　それが、わからないのです。どのくらいのあいだ、そこに置《お》かれていたのでしょう？　それも、はっきりとはわからないのです。でもきっと、そんなに長《なが》いあいだではなかったことでしょう。というのも、この公園《こうえん》には、野外音楽堂《やがいおんがくどう》やら、人形劇場《にんぎょうげきじょう》やら、ふんすいやら、カフェやらがあって、いつもたくさんの人《ひと》で、にぎわっているからです。

それなのに、この箱《はこ》をとりにくる人はだれもいませんでした——というところから、このお話《はなし》は始《はじ》まります。

犬《いぬ》が一ぴき、フンフンと箱《はこ》のにおいをかいでいます。でも、なにもおいしそうなにおいがしなかったので、どこかへいってしまいました。

おや、おばあさんがひとり、そのいすにすわって、ひなたぼっこをしています。このおばあさんの箱《はこ》でしょうか？　もしかしたら思《おも》いだして、ひろいあげるかもしれません。

ざんねん、ちがいました。しかも、おばあさんがよっこらしょと立《た》ちあがったとき、おさんぽ用《よう》のつえが、箱《はこ》をぐっとやぶの下《した》におしこんでしまいました。

だんだん暗《くら》くなってきて、

みんな、自分《じぶん》たちの家《いえ》へ帰《かえ》りはじめました。やがて、公園《こうえん》のかんり人《にん》が門《もん》を閉《し》め、遠《とお》くで町《まち》のざわめきが聞《き》こえるだけになりました。

あたりいったいが、しーんと静《しず》まりかえっています。と、そこへ、年《とし》をとった一ぴきのネズミが、やぶの下《した》の家《いえ》から出《で》てきました。そして、げんかんをふさぐようにして置《お》かれている箱《はこ》を見《み》つけて、とてもおどろきました。ちょっと気《き》を悪《わる》くした、といってもいいくらいです。

「やれやれ、まいったまいった。」

ネズミさんは、どうにかこうにかげんかんのまえから箱《はこ》をどけると、そうつぶやきました。

ネズミさんとネズミのおくさんは、毎日《まいにち》この時間《じかん》に、食《た》べものをさがしに出《で》かけることにしています。ほら、〈足《あし》たち〉（ネズミさんたちは、人間《にんげん》をこうよんでいるのです。ネズミさんたちは小《ちい》さいので、人間《にんげん》のひざから下《した》くらいしか見《み》えないからでしょうね）は、毎日《まいにち》、たくさんのごみを残《のこ》していくでしょ？　だから、ごちそうが山《やま》ほどあるのです。でも、箱《はこ》ごと残《のこ》してい

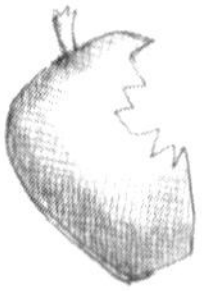

くなんて！　おどろきです。

「おくさんや。今晩《こんばん》は、夕飯《ゆうはん》をさがしに、遠《とお》くまで出《で》かけなくてもすむようだよ。わが家《や》のげんかんまで、とどけてもらえたらしい。」

ネズミさんは、フンフンとにおいをかぐと、ひげをピクピクさせました。

「ふむ、食《た》べもののにおいじゃないな。」

ネズミさんは、家《いえ》のなかへもどり、はしごをもってくると、箱《はこ》に立《た》てかけました。

「ちょっと、なかのようすを見《み》てくるよ、くるりんしっぽのおくさんや。」

「ぜひ、そうしてくださいな。」

ネズミのおくさんは、クスクスわらいながら、いいました。

ネズミさんは、はしごをのぼると、おそるおそるふたをとり、なかをのぞきこみました。

「ねえ、なかには、なにが入《はい》っているんです？」

と、ネズミのおくさんが聞《き》きました。

「まさか、子《こ》ネコじゃありませんよね？」

おくさんは、きゅうに、こわ

くなったようです。

「いやいや、ちがうよ。洋服《ようふく》とか、そんなものが入《はい》っとるようだ。ぼうしや、ぴかぴかのくつもある。チューチュー鳴《な》いとるだれかさんの足《あし》に、どうだね？」

ネズミのおくさんは、小《こ》おどりしてよろこびました。

「まあ！　ちょうど、新《あたら》しいぼうしとくつがほしかったんですよ！」

おくさんは、歌《うた》までうたいだしました。

「ようし、くるりんしっぽのおくさん、わしのだいじな愛《あい》するおひげちゃん、おまえさんのために、新《あたら》しいぼうしをとってこようかね。」

ネズミさんはそういうと、箱《はこ》のなかへとおりていきました。

「もし、ほんとうに子《こ》ネコがいないなら、わたしもいきますすよ。」

と、ネズミのおくさんがいいました。

2

そのころ人形《にんぎょう》たちは、みんな不安《ふあん》で落《お》ちつかず、箱《はこ》のなかをうろうろ歩《ある》きまわっていました。自分《じぶん》たちがこの箱《はこ》のなかにどのくらいいるのか、だれも知《し》りませんでしたし、これからどうしたらいいかもわからなかったからです。

「たぶん、ぼくらはいま、どこかの家《いえ》の屋根《やね》うら部屋《べや》にいるんじゃないかなあ。」

そういったのは、船《ふな》のり人形《にんぎょう》のキルトでした。

「きっと、あとで箱《はこ》から出《だ》してもらえるのさ。」

「それにしたって、どうして、箱《はこ》になんか入《い》れられているんですの？」

と、伯爵夫人《はくしゃくふじん》の人形《にんぎょう》がいいました。

「わたくしは、屋根《やね》うら部屋《べや》でわすれられてしまうような、ちんけなおもちゃじゃありませんわよ。わたくしは、お屋敷《やしき》の大広間《おおひろま》からまいりましたの。赤《あか》いビロードのいすと、銀《ぎん》のお茶《ちゃ》のセットだってもっていますわ。さきほどのように、なんだかわからないものが、フンフンかぎまわったりする箱《はこ》のなかなど、わたくしがいるべき場所《ばしょ》じゃあ、ございませんことよ。」

「ねえ、もしかして。」

と、赤《あか》いほっぺで、にっこりわらっている布人形《ぬのにんぎょう》のチンタンが、口《くち》を開《ひら》きました。

「〈おたんじょうび〉っていう言葉《ことば》と、なにか

関係《かんけい》あるんじゃないかしら。」

「それは、どういう意味《いみ》だい？」

と、ブーラーが聞《き》きました。ブーラーは、すてきな上着《うわぎ》とチョッキを着《き》ている、かっこいい男《おとこ》の人形《にんぎょう》です。

「魔法《まほう》の言葉《ことば》ですわね。」

と、伯爵夫人《はくしゃくふじん》がいいました。

「わたくしのきおくにまちがいがなければ、たんじょうびには、プレゼントがいただけるんですのよ。わたくしの銀《ぎん》のお茶《ちゃ》のセットのような。」

「それか、この箱《はこ》のなかみたいな、まっ暗《くら》やみとかね。」

と、キルトがふざけていいました。

「ぼく、わかった！　きっと、ぼくたちがプレゼントなんだよ。」

そういいだしたのは、スティッチという小《ちい》さな男《おとこ》の子《こ》の人形《にんぎょう》です。

「ぼくたち、これから、新《あたら》しいドールハウスにいくんじゃない？」

「それですわ！」

と、伯爵夫人《はくしゃくふじん》が、よろこんで声《こえ》をあげました。

「きっとそうですわ。どうして気《き》がつかなかったのかしら？　わたくしたちは、たんじょうびプレゼントなんですのよ。いまにも、うれしそうな子《こ》どもたちが、にこにこえがおで、わたくしたちを見《み》つけるはずですわ。」

「でも、それじゃあ、どうしてあたし

たちは、プレゼントらしく、きれいにうす紙《がみ》で包《つつ》まれていないのかしら?」

チンタンがそういうと、伯爵夫人《はくしゃくふじん》がこたえました。

「かんたんなことですわよ。だれだか知《し》りませんけれど、プレゼントのおくりぬしは、とてもいそいでいたみたいですわね。それで、包《つつ》むのをわすれたにちがいありませんわ。」

ちょうどそのときです。箱《はこ》のふたが開《ひら》き、ネズミさんの、ひげのはえた顔《かお》が、のぞきこみました。

人形《にんぎょう》たちは、みんな、さっとねころがり、動《うご》かなくなりました。

「あら、あなた。」

と、ネズミのおくさんが、ぐるりと見《み》わたしながらいいました。

「洋服《ようふく》やぼうしだけじゃなくって、人形《にんぎょう》もいますよ。」

おくさんは、箱《はこ》のなかに入《はい》ると、人形《にんぎょう》をひとつずつ、じっくりとながめました。

「みんな、とてもきれいねえ。こんなところに置《お》きざりにされて、わすれられてしまうなんて、もったいないわねえ。」

「やれやれ、あやつり人形《にんぎょう》じゃなくって、助《たす》かったよ。」

ネズミさんはそういいながら、ステッキをひろいあげました。

「あやつり人形《にんぎょう》だったら、めんどうなことになっとった。」

「おやまあ、すてきなものがありますよ。」

ネズミのおくさんはそういうと、ぴかぴかの赤《あか》いくつをためしにはき、大《おお》きなぼうしをかぶってみました。

「にあうかしら?」

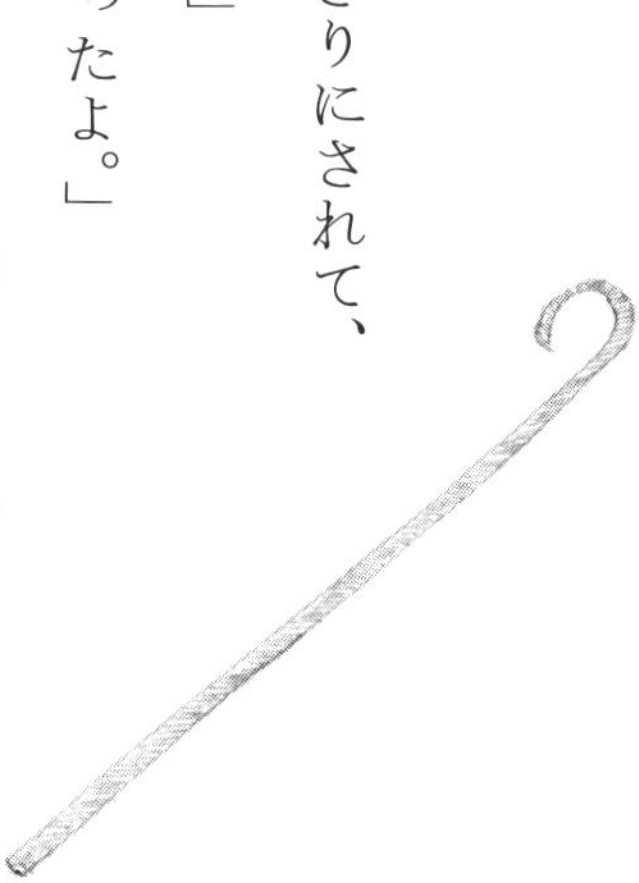

「ちょっと！　かえしてくださいな！　あなたのものじゃありませんことよ！」

とつぜん、伯爵夫人《はくしゃくふじん》がさけび、陶器《とうき》でできた足《あし》で立《た》とうとしました。

ネズミのおくさんは、ぼうしを手《て》から落《お》とし、ネズミさんのところへ走《はし》りよりました。そして、ネズミさんにしがみつき、

「あなた、あやつり人形《にんぎょう》じゃないっていったじゃない！」

と、チューチューいいました。

そこで、ブーラーが立《た》ちあがりました。いっしょにほかの人形《にんぎょう》たちも動《うご》きだしました。

「失礼《しつれい》ながら、あなたがたは、ぼくたちの箱《はこ》のなかで、なにをしているんです？」

と、ブーラーは、ネズミさんたちにたずねました。

「それをいうなら、あんたがたの箱《はこ》は、いったい、なにをしとるんですかな？　わしらのうちのげんかんを、ふさいでしまっとるんですぞ。」

まるまるとしたおなかをつきだしながら、ネズミさんも、いいかえしました。

「あっちへいって！　シッシッ！　わたくしたちは、たいせつなたんじょうびのプレゼントなんですのよ。」

伯爵夫人《はくしゃくふじん》がそういうと、ネズミのおくさんは、クスクスとわらいました。

「あら、わらったりして、ごめんなさいね。でも、おかしいじゃありませんか。たんじょうびのプレゼントが、公園《こうえん》のやぶの下《した》にあるなんて！」

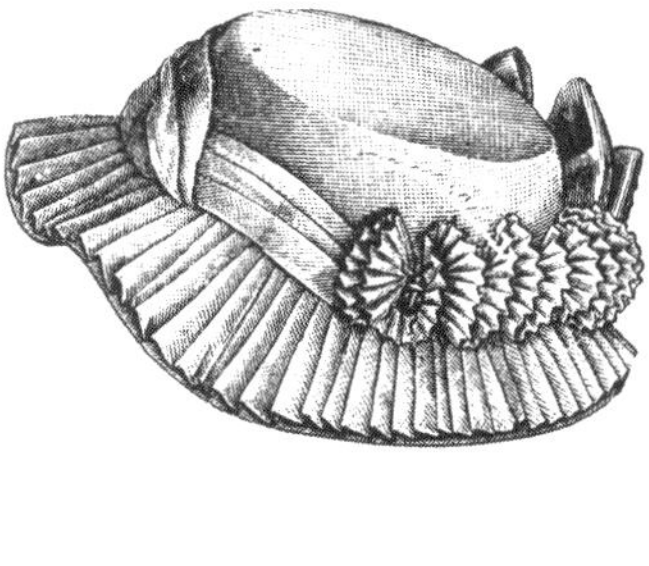

「じゃあ、ぼくらは、屋根《やね》うら部屋《べや》にいるんじゃないってわけ?」

キルトが悲《かな》しそうに、いいました。

「もちろん、ちがいますとも。」

と、ネズミさんがいいました。

「でもね、わしには、屋根《やね》うら部屋《べや》に住《す》んどるいとこが一ぴきおりますがね、そりゃあひどいところだそうですぞ。空気《くうき》も新鮮《しんせん》じゃあないし、ほこりだらけ。それになにより、食《た》べものがほとんどないときた。だから、そのいとこは、まるでスライスチーズのように、ぺらぺらの体《からだ》をしとりますよ。わしらとぜんぜんちがってね。」

ネズミさんは、自分《じぶん》のまるいおなかをポンポンとたたきながら、そうつけくわえました。

「ぼくたちが、公園《こうえん》にいるというのは、ほんとうですか？　つまり、ぼくたちは、雨《あめ》がふったり、風《かぜ》がふいたりする、外《そと》の世界《せかい》にいるということですね？」

と、ブーラーがたずねました。

「そりゃ、雨《あめ》もふるし、風《かぜ》もふきますよ。でも、わしら夫婦《ふうふ》は、常緑樹《じょうりょくじゅ》のやぶの下《した》に住《す》んでおるから、助《たす》かっとりますがね。」

と、ネズミさんがいいました。

「ジョウリョクジュって、なあに？」

と、チンタンが聞《き》きました。

「一年《ねん》じゅう、緑色《みどりいろ》の葉《は》っぱがついとる木《き》のことですな。」

ネズミさんが、説明《せつめい》してやりました。

「わたしたちのうちは、あたたかくて気《き》もちいいんですよ。最新《さいしん》の設備《せつび》が、ちゃんとそろっていますからね。」

と、ネズミのおくさんが、つけくわえました。

「あらまあ、それはけっこうですこと。でも、もうたくさんですわ。そろそろおひきとりねがいましょうか。」

伯爵夫人《はくしゃくふじん》は、足《あし》をドシンドシンとふみならしながら、ネズミの夫婦《ふうふ》を追《お》いはらおうとしました。

「箱《はこ》を包《つつ》んであったラッピング・ペーパーは、見《み》つけたときの状態《じょうたい》に、もどしておいてくださいませ！　もうすぐ、むかえが来《く》るんですから。くしゃくしゃになったプレゼントなんて、だれもよろこびませんことよ。」

ネズミさんとおくさんは、ぷりぷりとはらを立《た》てて出《で》ていきました。ネズミの家《いえ》の

げんかんのまえなんて、ふつう、プレゼントを置《お》く場所《ばしょ》じゃないだろう、とぶつぶついいながら。

それから人形《にんぎょう》たちは、じっとねころがって、まちました。伯爵夫人《はくしゃくふじん》のいうとおり、すぐにでもむかえに来《き》てもらえるといいなと思《おも》いながら、ひたすらまちました。

まわりは、どんどん暗《くら》くなっていくようでした。耳《みみ》をすますと、外《そと》の世界《せかい》の、聞《き》きなれない物音《ものおと》が、おそろしげに聞《き》こえてきます。

「あたし、こういうの、すきじゃないわ。」

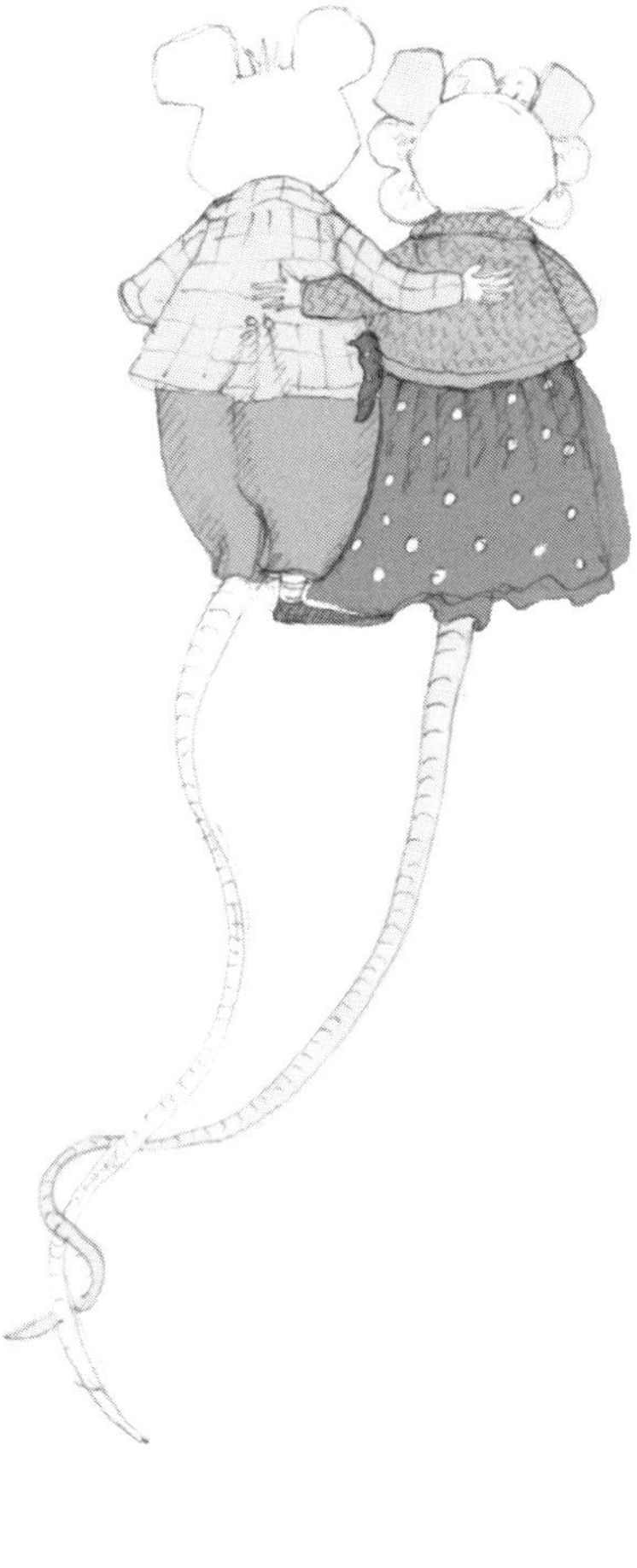

チンタンが、そっとささやきました。

「たてもののなかだったら、こんな音《おと》はしないよな。」

と、キルトがいいました。

「なんだかぼく、おなかのつめものが、ごろごろしてきちゃったみたい。」

と、スティッチもいいました。

「こんなことしていても、意味《いみ》がない。」

とうとう、ブーラーがそういって、立《た》ちあがりました。

「外《そと》を見《み》にいってきますよ。なにがどうなってるか、たしかめてきます。」

「だめ、いかないで！」

みんなが、さけびました。

「もういちど、じっと横《よこ》になっているべきですわ。」

と、伯爵夫人《はくしゃくふじん》がいいます。

「こわがるひつようなんてないんですのよ。きっと、いまにもラッピング・ペーパーをビリビリやぶる音《おと》がして、めでたしめでたし、になるんですから。」

「そう、そのことが、さっきからずっとひっかかってるんだよな。だってさ、もしこの箱《はこ》が、ラッピング・ペーパーで包《つつ》まれているんならさ、あのネズミの夫婦《ふうふ》は、箱《はこ》のふたを開《あ》けるとき、もっと苦労《くろう》したと思《おも》うんだよね。」

と、キルトがいいました。すると、伯爵夫人《はくしゃくふじん》は、おこったようにいいました。

「気《き》にしなくていいんです。ただ、じっとしていればいいんですのよ。」

ブーラーは、伯爵夫人《はくしゃくふじん》の意見《いけん》にはかまわず、箱《はこ》のかべをよじのぼって、外《そと》に出《で》ました。

広《ひろ》い外《そと》の世界《せかい》を目《め》にしたとたん、ブーラーは、自分《じぶん》たちが、どんなにちっぽけでたよりないか、思《おも》いしりました。刻一刻《こくいっこく》と、暗《くら》やみがせまってきています。まるで魔法《まほう》使《つか》いが、黒《くろ》いマントを地面《じめん》におおいかぶせ、光《ひかり》をぬすみとっているかのようです。

ブーラーは、箱《はこ》のなかへともどりました。伯《はく》爵《しゃく》夫人《ふじん》いがいは、みんな、起《お》きあがっています。伯爵夫人《はくしゃくふじん》だけが、ひとり、じっと横《よこ》たわり、がんとして動《うご》こうとしません。

「どうだったの？　ラッピング・ペーパーは、あった？」

と、チンタンがたずねました。

「いや、ない。ネズミの夫婦《ふうふ》がいったのは、ほんとうだったんだ。ぼくたちは、やぶの下《した》にいる。」

と、ブーラーがいいました。

スティッチは、泣《な》きだしました。

「ぼく、おうちに帰《かえ》りたいよう。ぼくのお部屋《へや》の

かべはね、とってもきれいな色《いろ》なんだよ。それに、きーこきーこってゆれる木馬《もくば》もあるの。あのお部《へ》屋《や》に帰《かえ》りたいよう。」

チンタンは、スティッチの体《からだ》に、うでをまわしてやりました。

「あたしたち、みんな、おうちに帰《かえ》りたいのよ。でも、どうやって帰《かえ》ったらいいのか、わからないの。」

「とにかく、ずっとこのままじゃあ、まずいよな。さっきのネズミの夫婦《ふうふ》に、助《たす》けてもらえないか、聞《き》いてみないかい？」

と、キルトがいいました。

3

夜《よる》の空気《くうき》はしめっぽく、ひえびえとしていました。

ブーラーは、ネズミさんの家《いえ》のげんかんにつるされたランタンを見《み》つけて、うれしくなり、ベルを大《おお》きく鳴《な》らしました。ネズミさんは、ゆったりとした上着《うわぎ》に着《き》がえてくつろいでいるところでしたが、大《おお》いそぎでドアを開《あ》けてくれました。

「やあ、こんばんは。どうです、うまくいっとりますかな?」

「いいえ。」

と、ブーラーはこたえました。

「じつをいうと、どうしたらよいかわからず、とても不安《ふあん》に思《おも》っています。」

「おくさんや!」

ネズミさんは、家《いえ》のなかにむかってさけびました。

「夕飯《ゆうはん》に、お客《きゃく》さまをおまねきするよ。」

それを聞《き》いて、ブーラーはいいました。

「よろしいんですか？　ぼくたちはさきほど、ぶしつけなことを申《もう》しあげたのに……。」

「まあ、気《き》にせんでくださいな。むりもありませんよ。それよりもどって、ほかのみなさんをおつれくださいい。」

そういうとネズミさんは、ブーラーにはしごをわたしました。

「これがあると、のぼったりおりたりが、らくですぞ。」

「ありがとうございます。」

と、ブーラーはいいました。

ブーラーの話《はなし》を聞《き》いて、みんなは大《おお》よろこびしました。ただし、伯爵夫人《はくしゃくふじん》だけはべつでした。伯爵夫人《はくしゃくふじん》は、ぜったいに動《うご》かないというのです。

「さあさあ。」

と、ブーラーが声《こえ》をかけました。

「こんなところに、ひとりっきりではいられないでしょう。おなかのつめものがふにゃふにゃになって、力《ちから》が出《で》なくなるまえに、なにかはらごしらえをしたほうがいいですよ。」

伯爵夫人《はくしゃくふじん》は、目《め》を閉《と》じたまま、いいました。

「わたくしのような身分《みぶん》の高《たか》い人形《にんぎょう》が、自分《じぶん》がすばらしいたんじょうびプレゼントだということをそっちのけにして、あんな二ひきのぬすっとネズミといっしょに食事《しょくじ》をするとでも思《おも》ったら、大《おお》まちがいですわよ。」

ブーラーはためいきをつき、悲《かな》しそうにいいました。

「ざんねんながらぼくたちは、だれのプレゼントでもないんですよ、伯《はく》爵夫人《しゃくふじん》。公園《こうえん》に置《お》きざりにされたんです。どうしてかは、わからないけれど。」

それでも、伯爵夫人《はくしゃくふじん》は、動《うご》きません。

「すきにしたらいい。」

ブーラーは、そういって箱《はこ》から出《で》ると、しずかにふたを閉《し》めました。

ネズミのおくさんは、テーブルの上《うえ》に、ごちそうをところせましとならべていました。

四人《にん》の人形《にんぎょう》は、こんなに豪華《ごうか》な食事《しょくじ》を見《み》たことがありませんでした。パイにチーズ、サラミにソーセージ、フライドポテトもあります。パンは、やきたてでほかほかです。ゼリー、アイスクリーム、さくらんぼのタルト、それに、お手製《てせい》のレモネードがたっぷり入《はい》った水《みず》さしもありました。部屋《へや》のすみでは、だんろの火《ひ》が、ちろちろと楽《たの》しそうにもえています。それでも、ネズミのおくさんは、食《た》べものがじゅうぶんか

どうか、心配《しんぱい》していました。

「みなさん、ごめんなさいね。お客《きゃく》さまがいらっしゃるとわかっていたら、なにかとくべつなものをご用意《ようい》できたんですけれど。」

「とんでもない。」

ブーラーはそういいながら、おかわりをしました。

「すばらしいごちそうです。ドールハウスの食《た》べものより、ずっとずっとおいしいですよ。」

「そのとおり！」

と、ほかの人形《にんぎょう》たちもいいました。

食事《しょくじ》が終《お》わるころには、食《た》べすぎで、おなかのつめものがちくちくいたくなるくらいでした。

「心《こころ》のすみからすみまで、〝ありがとう〟の気《き》もちでいっぱいです。親切《しんせつ》にしてもらったおかげで、すっかり元気《げんき》になりました。」

と、キルトがいいました。

ほかの人形《にんぎょう》たちも、まったくそのとおりだと思《おも》い、レモネードのグラスをあげて、ネズミさんとネズミのおくさんに、かんぱいしました。あまりに楽《たの》しいパーティーだったので、みんな、伯爵《はくしゃく》夫《ふ》人《じん》のことは、すっかりわすれていました。

そのとき、げんかんのベルが、チリンチリン、チリンチリンと鳴《な》りました。

「チュッ！　うるさいなあ。こんなおそくに、いったいだれだ？」

ネズミさんは、げんかんへといそぎました。

もどってきたネズミさんのうでには、伯爵夫人《はくしゃくふじん》がだきかかえられていました。伯爵夫人《はくしゃくふじん》は、まっ青《さお》な顔《かお》をして、ふらふらで、立《た》ってもいられないようです。ブーラーは、あわてて手《て》をかし、伯爵夫人《はくしゃくふじん》を、テーブルのはじのいすによりかからせました。

「まあ、しっぽをぬかれたような顔色《かおいろ》ですわ。だいじょうぶですの？」

と、ネズミのおくさんがいいました。

チンタンとスティッチも心配《しんぱい》して、伯爵夫人《はくしゃくふじん》に近《ちか》よろうとしましたが、キルトがそれをとめました。

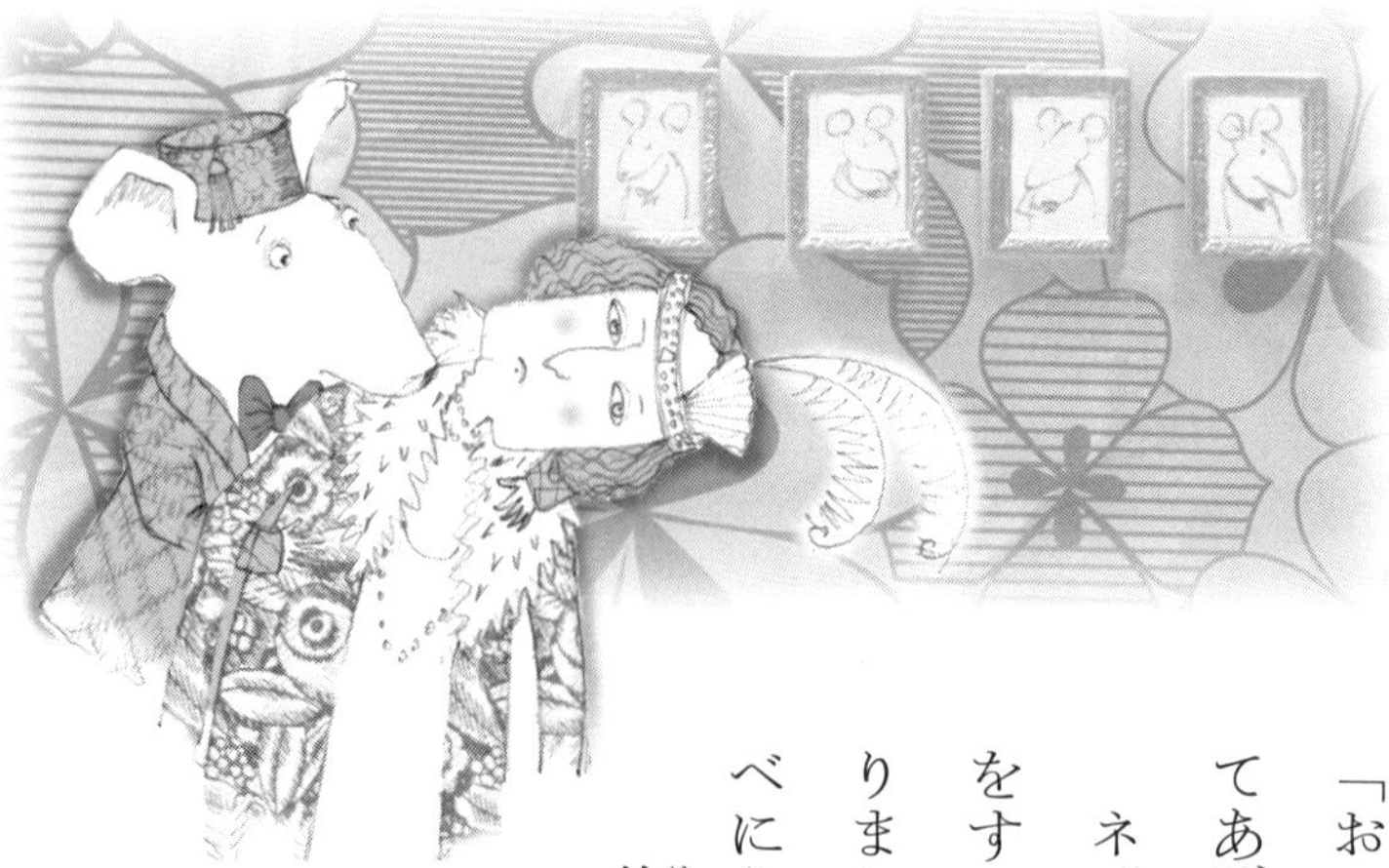

「おっとっと、さがって！　伯爵夫人《はくしゃくふじん》に、ひといきつかせてあげなくちゃ。ほら、さがってさがって！」

ネズミさんが、レモネードのグラスをわたしました。それをすこし飲《の》むと、伯爵夫人《はくしゃくふじん》は、やっと話《はなし》ができるようになりました。ランプの光《ひかり》がちらちらと動《うご》き、大《おお》きなかげを、かべにうつしています。

伯爵夫人《はくしゃくふじん》は、なにが起《お》こったのかを話《はな》しはじめました。

「おそわれたんですの。かいぶつみたいに大《おお》きなネコでしたわ。とがった鼻《はな》と耳《みみ》に、するどくまっ白《しろ》な歯《は》、目《め》は黄色《きいろ》で、毛《け》がとてもきたならしくて。」

ネズミのおくさんが、小《ちい》さなさけび声《ごえ》をあげました。

「あなた、げんかんのかぎは、ちゃんとかけてきてくれました?」

「もちろんだ、くるりんしっぽのおくさんや。だいじょうぶだとも。」

と、ネズミさんがいいました。

伯爵夫人《はくしゃくふじん》は、話《はなし》をつづけました。

「あのおそろしいけだものは、箱《はこ》のなかに、顔《かお》をつっこんできたんですの。そして、わたくしをつかまえようとしましたのよ。わたくし、にげるので、せいいっぱいでしたわ。ああ、こんなやばんなところには、これいじょう、とてもいられませんわ。」

チンタンは、伯爵夫人《はくしゃくふじん》の手《て》をとっていいました。

「心配《しんぱい》しないで。ネズミさんやおくさんといっしょにいれば、だいじょうぶよ。」

伯爵夫人《はくしゃくふじん》の話《はなし》を聞《き》いたとたん、楽《たの》しかった気分《きぶん》は、どこかへとんでいってしまいました。みんなは口《くち》もきかずに、ネズミのおくさんをてつだって、テーブルをかたづけました。

「やれ、かたづいた、かたづいた。さてと、みなさん。もちろん、今夜《こんや》はとまっていってくださいますな?」

ネズミさんはそういうと、ネズミのあかちゃんの写真《しゃしん》がかざってあるろうかを通《とお》って、七つのベッドのある大《おお》きな部屋《へや》に、人形《にんぎょう》たちを案内《あんない》しました。

「ここは、わしらの子《こ》どもたちが、いぜん使《つか》っておった部屋《へや》なんですよ。」

と、ネズミさんがいいました。

「ベッドは、清潔《せいけつ》でかわいていますよ。ドールハウスのベッドとは、くらべものにならんでしょうが、ねごこちは悪《わる》くないと思《おも》いますよ。ゆっくりおやすみなさい。」

人形《にんぎょう》たちは、くつやコートをぬぐと、やわらかい羽根《はね》のマットレスに横《よこ》になりました。伯爵夫人《はくしゃくふじん》ですら、ネズミさんがいうことに、賛成《さんせい》しないわけにはいきませんでした。ほんとうに気《き》もちのよいベッドだったのです。

人形《にんぎょう》たちは、あっというまに、ねむりに落《お》ちていきました。

4

「公園《こうえん》というのは、いったいどんなところなんですか?」

つぎの日《ひ》の朝《あさ》ごはんの席《せき》で、ブーラーはネズミさんにたずねてみました。外《そと》に出《だ》したテーブルには、朝《あさ》の太陽《たいよう》の光《ひかり》がふりそそいでいます。ネズミのおくさんが、やきたてのロールパンと、ジャムとバターをもってきました。

みんなが入《はい》っていた箱《はこ》は、すこしはなれたところに置《お》いてありました。さいわいなことに、伯爵夫人《はくしゃくふじん》がきのう見《み》たというかいぶつに、こわされてはいませんでした。

ネズミさんは、パイプに火《ひ》をつけると、いすにふかくすわりなおしました。

「公園《こうえん》は、とてつもなく広《ひろ》い。」

ネズミさんはそういうと、両《りょう》うでを広《ひろ》げてみせました。

「食《た》べものがたっぷりあるところでもあり、また、ひじょうに注意《ちゅうい》ぶかくならなくちゃならんところでもある。そうそう、あやつり人形《にんぎょう》たちもおりますぞ。」

「それは、あたしたちみたいな人形《にんぎょう》？」

と、チンタンが口《くち》をはさみました。

「ちょっとちがいますな。」

と、ネズミさんがいいました。

「あやつり人形《にんぎょう》は、ドールハウスにいるような人形《にんぎょう》たちとはちがう。もっと大《おお》きくて、ちょっと気《き》どっていて、劇場《げきじょう》でおしばいをしとるんですよ。まあ、いってみれば、公園《こうえん》のスターですな。」

「ふうん、あやつり人形《にんぎょう》って、きらきら光《ひか》るの？」

と、スティッチがたずねました。

「いやいや。空《そら》にかがやく星《スター》ではないんだがね。」

と、ネズミさんがわらいながらいいました。

「体《からだ》に糸《いと》がついているあやつり人形《にんぎょう》もおれば、ついとらんのもおる。旅《たび》まわりの人形一座《にんぎょういちざ》がやってくることもありますな。それから、ここにくらす、わしらみたいなネズミも多《おお》い。わしの親《しん》せきも、たくさんおるんですよ。」

「ニャーゴのことも教《おし》えてあげなくては。」

あつあつのホットチョコレートがたっぷり入《はい》ったポットをはこびながら、ネズミのおくさんが、心配《しんぱい》そうにいいました。

「いま、話《はな》すところだよ。愛《あい》するおひげちゃん。」

といって、ネズミさんはつづけました。

「公園《こうえん》には、キツネの家族《かぞく》も住《す》んでいます。鳥《とり》もいるし、ミツバチもいる。アヒルも、リスも、そしてもちろん〈足《あし》たち〉もね。でも、なにより気《き》をつけねばならんのは、ネコのニャーゴですぞ。公園《こうえん》のかんり人《にん》がかっているネコで、いやまったくおそろしいやつなんです！」

ここまで話《はな》すと、ネズミさんはひといき入《い》れました。

「伯爵夫人《はくしゃくふじん》がきのう見《み》たというのは、ニャーゴかもしれませんな。わしが知《し》るかぎり、あいつほどいじわるで、危険《きけん》きわまりないネコはおりませんぞ。ええ、ええ、自《じ》信《しん》をもっていいきれますとも！　つい去年《きょねん》のことです。うちのおくさんのお父《とう》さんにお母《かあ》さん、それにたくさんのおばさんたち、二ひきのおじさん、そのうえ、わすれもしない小《ちい》さないとこまでが、あの悪魔《あくま》にころされてしまったんですぞ。」

ネズミのおくさんは、目《め》にそっとハンカチをおしあてました。

「わたしの一族《いちぞく》にとって、とてもつらいことでしたわ。」

「ひどいな！　それは、ほんとうにお気《き》のどくでしたね。」

と、キルトがいいました。

「それはそうだが。」

と、ネズミさんがいいました。

「悲《かな》しかったできごとを思《おも》いだしてもなんにもならん。わしがいいたかったのは、気《き》をつけて、ということだけです。それだけです。」

そのとき、伯爵夫人《はくしゃくふじん》がナプキンを軽《かる》く口《くち》にあてると、すっと立《た》ちあがりました。

「わたくしたちには、まったくかんけいないことですわ。ご親切《しんせつ》にしていただいて、ありがとうございました。でも、わたくしたち、もう失礼《しつれい》しなくてはなりませんの。」

「おや、どうしてですかな？　みなさんがいてくださるのは、大《だい》かんげいですぞ。」

と、ネズミさんがいいました。

「かんたんな理由《りゆう》ですわ。わたくしたちをここにわすれていったうっかりやさんが、箱《はこ》をとりにもどってくるからですわよ。ほらほら、ぐずぐずしているひまはありませんことよ。」

人形《にんぎょう》たちは、どうしていいのかわかりませんでした。ネズミさんとおくさんにさようならをいいながらも、不安《ふあん》でいっぱいでした。

「ねえ、ぼくたち、どこにいくの？」

と、スティッチがたずねました。

「箱《はこ》にもどるんですのよ。」

伯爵夫人《はくしゃくふじん》がきっぱりといいました。

5

公園《こうえん》のかんり人《にん》が門《もん》を開《あ》けるころには、箱《はこ》は、またいすの下《した》にもどされていました。なかには人形《にんぎょう》たちがちゃんと入《はい》っています。でもきのうとはちがって、人形《にんぎょう》たちにはもう、外《そと》から聞《き》こえてくるのがなんの音《おと》なのか、わかっていました。鳥《とり》のさえずり、ザクザクとじゃりをふむ音《おと》、ボールを手《て》でポンと打《う》つ音《おと》。

とつぜん、人形《にんぎょう》たちは、箱《はこ》がふわっと空中《くうちゅう》に浮《う》かびあがるのをかんじました。まちにまったしゅんかんです。

箱《はこ》のふたがはずされ、くるくるまき毛《げ》の小《ちい》さな女《おんな》の子《こ》が、さけぶのが聞《き》こえました。

「ママ、見《み》て見《み》て！　ちっちゃなお人形《にんぎょう》が入《はい》ってるわ。」

それを聞《き》いた伯爵夫人《はくしゃくふじん》が、ささやきました。

「ほら、ごらんなさい！　これでうちに帰《かえ》れますわ。」

「クローちゃん！」

ママのおこった声《こえ》がして、箱《はこ》のふたがまた、かたんとかぶせられました。

「ごみをひろっちゃいけませんって、いつもいってるでしょ！」

また箱《はこ》が浮《う》きあがりました。と思《おも》うと、箱《はこ》はポーンと空中《くうちゅう》にほうりなげられました。

「でも、ママ、お人形《にんぎょう》が入《はい》ってたのよ。」

がっかりしているクローちゃんの声《こえ》がしました。

ドスン。箱《はこ》は、なにかかたいものの上《うえ》に落《お》ちました。人形《にんぎょう》たちは、とんぼがえりをして、ひっくりかえった箱《はこ》のすみに、おりかさなってしまいました。

「さあ、これでもうすぐ、うちにつくはずですわ。」

自分《じぶん》の横《よこ》につきささった日《ひ》がさをひっこぬきながら、伯爵夫人《はくしゃくふじん》がいいました。

「そうかしら？　でも、あたしたち、もう動《うご》いてないわ。」

と、チンタンがいいました。

「これだから、頭《あたま》に布《ぬの》きれしかつまっていない人形《にんぎょう》はいやなんですのよ。もう動《うご》いていないのは、買《か》いものかごに入《い》れられたからにきまっていますわ。」

伯爵夫人《はくしゃくふじん》は、つっけんどんにそういいました。

するとこんどは、箱《はこ》の上《うえ》で、ドサッという音《おと》がして、人形《にんぎょう》たちは、箱《はこ》ごとすべり落《お》ちるのをかんじました。そのひょうしに、箱《はこ》のふたがすこしずれ、太陽《たいよう》の光《ひかり》がひとすじ入《はい》ってきました。

「やっぱり買《か》いものかごのなかにいるんです。まちがいありませんわ。うちに帰《かえ》るんですのよ。」

伯爵夫人《はくしゃくふじん》は、そうきめつけました。

ブーラーは、みんながおりかさなった山《やま》から、なんとか体《からだ》をひきぬくと、外《そと》をのぞきました。

ブーラーの目《め》にうつったのは、緑色《みどりいろ》のあついプラスチックのカーテンでした。聞《き》こえてくるのは、ミツバチのブンブンいう音《おと》だけです。

ブーラーは、買《か》いものかごがどんなものなのか、知《し》りません。でも、これは買《か》いものかごではないんじゃないかな、という、いやな予《よ》感《かん》がしました。

6

人形《にんぎょう》たちが、公園《こうえん》のごみ箱《ばこ》にすてられてしまったというニュースは、ミツバチから、ネズミさんとおくさんにつたえられました。

ぐずぐずしているひまはありません。なにしろ毎日夕方《まいにちゆうがた》になると、かんり人《にん》が、公園《こうえん》じゅうのごみを集《あつ》めてまわるのです。これは、公園《こうえん》に住《す》んでいるだれもが知《し》っていることでした。つまり、ごみ箱《ばこ》にすてられたものはなんであれ、その日《ひ》をかぎりに、二度《ど》とお目《め》にかかれないということです。

救助隊《きゅうじょたい》をくんでいる時間《じかん》は、ありません。力《ちから》をかしてほし

いと、ネズミさんがなんとかたのむことができたのは、年《とし》をとった伝書《でんしょ》バトだけでした。おじいさんハトは、「なんでもくわえてきてやるわい」といってくれました。

「こりゃ、かなりまずい状況《じょうきょう》だ。しっぱいはできん。」

ネズミさんはごみ箱《ばこ》のなかにおりていきながら、そうつぶやきました。古《ふる》いトレーナーやら、バナナの皮《かわ》やらをどかすと、ようやくあの箱《はこ》が見《み》えました。

「おーい！　聞《き》こえるかな？」

すると、キルトの声《こえ》がしました。

「はーい！　ネズミさんですかあ？」

「やれやれ、やっとたどりついたようだ。」

そういうと、ネズミさんは箱《はこ》のなかをのぞきこみました。

「さあさあ！　ぐずぐずしとるひまはありませんぞ。かんり人《にん》が来《く》るまえに、あなたがたをここから出《だ》さなくっちゃなりませんからな。」

「それはどうもごくろうさま。」

伯爵夫人《はくしゃくふじん》はもったいぶったようすでいいました。

「せっかくですけれど、あなたの助《たす》けはいりませんことよ。わたくしたちは、買《か》いものかごのなか

にいるんですから。これからうちに帰《かえ》るんですわ。」

「いいや、それはちがいますぞ。」

ネズミさんが、はっきりといいました。

「ひげがふるえるほどとんでもないことに、みなさんは、ごみ箱《ばこ》のなかにいるんです。もうすぐ、すてられてしまうんですぞ。」

ネズミさんは、そういいながら、力《ちから》のかぎりふんばって、箱《はこ》のふたをおしあげました。

そのときです。ネズミさんは動《うご》きをとめ、耳《みみ》に手《て》をやりました。

「ほら、聞《き》こえるでしょ?」

そう、公園《こうえん》のかんり人《にん》が、ごみを集《あつ》めにまわってきたのです。

ガタゴトと音《おと》をたてながら、ぐらぐらする車輪《しゃりん》のついたカートをおして、じゃり道《みち》をこちらにむかってきます。

かんり人《にん》は、どこかにおもちゃは落《お》ちていないかと、しっかり目《め》を光《ひか》らせていました。カートのまえには、そうやって見《み》つけた人形《にんぎょう》やぬいぐるみが、どっさりくくりつけられています。そのようすは、子《こ》どもたちに、だいじなクマちゃんをついうっかり公園《こうえん》にわすれてしまうと、どういうおそろしいことになるかを、はっきり教《おし》えてくれていました。

いつもなら、あいぼうのネコ、ニャーゴがいっしょでした。見《み》つけたえものにさっととびかかれるように、準備万端《じゅんびばんたん》でついてくるのです。でも、きょうは、ニャーゴは家《いえ》でまるくなってねていました。
かんり人《にん》は、ひくいどら声《ごえ》で、歌《うた》をうたっていました。

三びきの　目《め》の見《み》えないネズミ
走《はし》りっぷりを　ほらごらん
かんり人《にん》さんを　追《お》っかけた
かんり人《にん》さん　落《お》ち葉《ば》はきで
ぺちゃんこに　つぶした……

かんり人《にん》はうたいながら、ぜいぜいとへんなわらい声《ごえ》をたてると、カートから大《おお》き

なほうきをとりだしました。

「ほれほれ、さあさあ、はやくはやく！」

ネズミさんが、ひそひそ声《ごえ》でいいました。

「ぐずぐずしているひまはありませんぞ。もうそこまで来《き》とるんですから！」

三びきの目《め》の見《み》えないネズミ……

かんり人《にん》は、どんどん近《ちか》づいてきます。ネズミさんは、みんなをせかしました。キルトがチンタンの手《て》をとり、チンタンがスティッチの手《て》を、しっかりとにぎりました。

ブーラーがそのあとにつづきます。ネズミさんは伯爵夫人《はくしゃくふじん》をまちました。でも、伯《はく》爵夫人《しゃくふじん》は、てこでも動《うご》こうとしません。

「いいかげんにしてくださいよ。」

ネズミさんは、いらいらして足《あし》をふみならしました。

「わたくしは、まいりません。」

伯爵夫人《はくしゃくふじん》は、かさをしっかりにぎって、いいはります。

「わたくしたちは、ここにいるべきです。」

ブーラーは、いったいどうしたのかと、ネズミさんのところへもどってきました。ネズミさんは、かたをすくめてみせました。

「伯爵夫人《はくしゃくふじん》が、ここを動《うご》かんというんですよ。」

「さきにいっていてください。おくさんが、心配《しんぱい》されるでしょう。すぐに追《お》いつきますから。」

と、ブーラーはいいました。

「やれやれ、こまったことだよ。」

ネズミさんは、大《おお》きなおなかにじゃまされながらも、いそいでごみ箱《ばこ》から脱出《だっしゅつ》しました。

「いいですか、伯爵夫人《はくしゃくふじん》。」

と、ブーラーがいいました。

「もしいま、ぼくたちと来《こ》なければ、ごみといっしょにすてられてしまうんですよ。あなただって、そんなのいやでしょう?」

「いきたかったらおいきになればよろしいでしょう? わたくしは、ここに残《のこ》ります。」

伯爵夫人《はくしゃくふじん》がいいました。もう時間《じかん》がありません。

「お願《ねが》いです。とにかくここから出《で》て、ご自分《じぶん》の目《め》でたしかめてみてください。それでもやっぱり買《か》いものかごのなかにいるというのなら、動《うご》かなくていいですから。」

「ああもう！」

伯爵夫人《はくしゃくふじん》は、おこっていいました。

「そこまでいうなら、しかたありませんわ。でも、わたくしたちは、まちがいなく買《か》いものかごに入《い》れられているんですのよ。うちへ帰《かえ》るんです。」

ブーラーは、伯爵夫人《はくしゃくふじん》の手《て》をとって、箱《はこ》の外《そと》に出《で》るのを助《たす》けてやりました。くさくて古《ふる》いトレーナーの横《よこ》を通《とお》るとき、伯爵《はくしゃく》夫人《ふじん》はむっとしたようすでしたが、なにもいいませんでした。

ブーラーは、バナナの皮《かわ》をゆびさしながらいいました。

「ごらんなさい。ぼくたちは、買《か》いものかごのなかにいるんじゃないんですよ。」

ところが、伯爵夫人《はくしゃくふじん》は、がんこにいいはりました。

「いいえ、あれは、たまたま、だれかがかごに落《お》としたんですわ。」

ふたりは、ごみ箱《ばこ》のふちまでたどりつきました。夕日《ゆうひ》がゆっくりと、金色《きんいろ》の光《ひかり》をなげかけてきています。下《した》の小道《こみち》で、ネズミさんがひっしになって手《て》をふっているのが見《み》えました。伯爵夫人《はくしゃくふじん》が、顔《かお》をしかめていいました。

「日《ひ》が、さがいりますわね。日光《にっこう》はおはだによくないんですのよ。」

伯爵夫人《はくしゃくふじん》がそういったとき、ふたりの頭《あたま》の上《うえ》の空《そら》がさっと暗《くら》くなり、かみなりのようなガラガラという音《おと》がしました。

三びきの　目《め》の見《み》えないネズミ……

公園《こうえん》のかんり人《にん》のむさくるしいひげづらが、ふたりの上《うえ》にせまってきました。

そのしゅんかん、ひゅーっと、つばさが風《かぜ》を切《き》る音《おと》がしました。ゆうかんなおじいさんハトが、かんり人《にん》の顔《かお》めがけてとびかかっていったのです。そして、伯爵夫人《はくしゃくふじん》をさっとつかむと、とびさっていきました。

ブーラーはといえば、あまりにびっくりしたのでバランスをくずし、地面《じめん》に落《お》ちてしまいました。ドシンと落《お》っこちたブーラーを、ネズミさんがやぶの下《した》にいそいでひきずりこみました。伯《はく》爵夫人《しゃくふじん》がどうなったのか、ブーラー

にはわかりませんでした。
かんり人《にん》のほうも、いったいなにが起《お》こったのか、わかりませんでした。ハトがとんできて、人形《にんぎょう》がひとつかふたつ、いたような、いなかったような……。しずんでいく夕日《ゆうひ》を背《せ》に、かんり人《にん》は、頭《あたま》をぽりぽりかきました。

「ニャーゴのやっときたら、かんじんなときにいないんだからな。」

家《いえ》にもどると、ネズミさんは、げんかんのかぎをしっかりかけました。

「いやはや、ひげ一本《ぽん》の差《さ》でつかまるところでしたな。」

そういうと、ネズミさんは、大《おお》きな水玉《みずたま》もようのハンカチをとりだして、おでこの汗《あせ》をふきました。

「あそこで、伯爵夫人《はくしゃくふじん》にジャンプさせるべきだったんです。」

と、ブーラーは悲《かな》しそうにいいました。

「そうしていたら、伯爵夫人《はくしゃくふじん》も、いまここにいたでしょうに。」

「ほらほら、そんなふうに考《かんが》えるのはいけませんぞ。あなただって、できるだけのことはしましたよ。だれにも、あれいじょうのことはできんでしょう。だいじょうぶ、さいごにはきっと、万事《ばんじ》うまくいきますよ。」

ネズミさんは、ブーラーの背中《せなか》に手《て》をまわしていいました。

ふたりは、みんながまっている台所《だいどころ》へいきました。ネズミのおくさんが、小《ちい》さなケーキを用意《ようい》していました。ストーブの上《うえ》では、やかんが楽《たの》しそうにシュンシュンと音《おと》を立《た》て、お茶《ちゃ》をいれる準備《じゅんび》ができています。

「なあ、くるりんしっぽのおくさんや。われわ

れには、なにかもうちょっと元気《げんき》づけになるものが、いるんじゃないかな。」

ネズミさんはそういうと、すみの食器《しょっき》だなのところへいき、グラスを六つとニワトコの花《はな》でつくったワインを一本《ぽん》とりだしました。そして、一ぱいずつついで、みんなにくばりました。

「ありがとう。」

と、キルトはいうと、グラスをもちあげました。

「ぼくらを助《たす》けてくれた、ネズミさんとネズミのおくさんにかんぱい！」

「伯爵《はくしゃく》夫人《ふじん》のことも、わすれないで。」

チンタンが、そっとつけたしました。みんなは、グラスをもちあげ、

「ゆうかんな、ネズミさんとネズミのおくさんに！」

と、声《こえ》をそろえました。

「いやなに、そんなにたいしたことじゃありませんよ。」

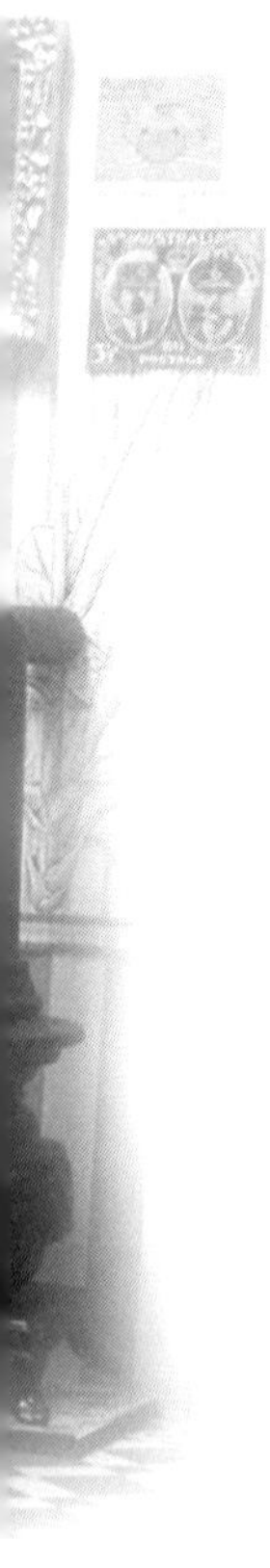

ネズミさんは、はにかみながらそういうと、おくさんの体《からだ》にうでをまわしました。

「わしら夫婦《ふうふ》はいいコンビなんです。もうずっと長《なが》いあいだ、いっしょですからな。」

ネズミさんは、おくさんにそっとキスしました。おくさんは、ぽっと顔《かお》を赤《あか》らめました。

と、そこへ、チンタンが聞《き》きました。

「あの……。あたしたちがあそこにいるって、どうしてわかったんですか？」

「公園《こうえん》で起《お》こるできごとは、全部《ぜんぶ》、ミツバチが教《おし》えてくれるんですよ。」

と、おくさんがいいました。

「ミツバチはさいしょ、小《ちい》さな女《おんな》の子《こ》があなたたちをつれて帰《かえ》ったといっていたんですよ。ところがね、そのあとすぐもどってきて、こんどはあなたたちがごみ箱《ばこ》にほうりこまれたっていうじゃありませんか！」

「もっとはやく知《し》っておったら、ちゃんとした救助隊《きゅうじょたい》がくめたんですがね。それにしても今回《こんかい》は、ほんとうにぎりぎりのところでしたなあ。」

と、ネズミさんがいいました。

「伯爵夫人《はくしゃくふじん》は、どうなっちゃったの？」

　スティッチが聞《き》きました。

「ふーむ……。この公園《こうえん》には、ふしぎな魔法《まほう》があふれておるからな。きっと、伯爵《はくしゃく》夫人《ふじん》は帰《かえ》ってくるさ。」

　ネズミさんは、そういいました。

スティッチは、あくびをしました。

「ぼく、とってもつかれちゃった。もうねてもいい?」

ネズミのおくさんは、にっこりしました。

「もちろんですよ。長《なが》い一日《にち》だったものね。」

チンタンは、スティッチをつれてろうかのさきの寝室《しんしつ》にいき、服《ふく》をぬぐのをてつだってやりました。スティッチは、やわらかい羽根《はね》のまくらに頭《あたま》をのせるとすぐ、ぐっすりねむりこんでしまいました。

7

ブーラーとネズミさんは、ストーブにくべる薪《まき》をひろいに出《で》かけました。

残《のこ》りのみんなは、ネズミのおくさんをてつだって、夕食《ゆうしょく》の準備《じゅんび》です。気《き》もちのよい夕《ゆう》べでした。公園《こうえん》は静《しず》かで、平和《へいわ》そのものでした。

もどってきたブーラーとネズミさんが、かごをひっぱって家《いえ》に入《はい》ろうとした、そのときです。おしゃれな服《ふく》をきて、フェルトのすてきなぼうしをかぶったわかいネズミが、やぶのなかからひょっこり顔《かお》を出《だ》しました。

ネズミさんは、おいの顔《かお》を見《み》て大《おお》よろこびしました。

「アーンスト！　ちょうしはどうだい？」

アーンストは、かたをすくめてみせました。

「よかったよ、この人《ひと》と出《で》くわすまではね。」

そういうと、アーンストは、やぶのほうをゆびさしました。そこには、伯爵夫人《はくしゃくふじん》が、ひどい身《み》なりで立《た》っていました。

「だいじょうぶですか?」
ブーラーは、伯爵夫人《はくしゃくふじん》のほうへ走《はし》りより、心配《しんぱい》そうにたずねました。するとし伯爵夫人《はくしゃくふじん》は、ぴしゃりといいかえしました。
「どういう意味《いみ》ですの? これのどこが、だいじょうぶなように見《み》えまして?」

「いや、まず、あなたはぶじだった。それがなによりです。」

ブーラーがこたえると、伯爵夫人《はくしゃくふじん》が、たたみかけるようにいいました。

「まったく、どこに目《め》をつけていらっしゃるのかしら。わたくしのドレスをごらんになって？　すっかりぼろぼろですわ。それに、わたくしの髪《かみ》も！」

「おじさん、ほんとうにこの人《ひと》にもどってほしいんですか？　はっきりいって、この人《ひと》には、ごみ箱《ばこ》がぴったりだと思《おも》いますがね。」

と、アーンストがいいました。

伯爵夫人《はくしゃくふじん》は、おれた日《ひ》がさで、アーンストをつっつきました。

「ほらほら。」

と、ネズミさんがあいだに入《はい》りました。

「なかに入《はい》って、みんなにこのよい知《し》らせをつたえるとしよう。」

伯爵夫人《はくしゃくふじん》が台所《だいどころ》に入《はい》ってきたのを見《み》て、だれもが歓声《かんせい》をあげました。

「ああ、またあえて、うれしいわ！　みんな、ずっと心配《しんぱい》していたのよ。」

チンタンは、伯爵夫人《はくしゃくふじん》のところへとんでいきながら、今《いま》にも泣《な》きそうな声《こえ》でいいました。

「さあ、教《おし》えてください。いままでいったい、どこにいたんですか？」

キルトは、伯爵夫人《はくしゃくふじん》がいすにすわるのに手《て》をかしながら聞《き》きました。伯爵夫人《はくしゃくふじん》は、ぷりぷりおこったまま、こしかけました。

「わたくし、おそろしく高《たか》いところから落《お》とされたんですのよ、やぶのなかに。しかも、こちらに案内《あんない》されるまで、とんでもなく長《なが》い時間《じかん》またされましたわ。」

伯爵夫人《はくしゃくふじん》はそういって、アーンストをもういちど、日《ひ》がさでつっつきました。

「でも、どうして?」

と、ネズミさんが聞《き》きました。

「いやあ、出《で》かける用意《ようい》に時間《じかん》がかかってしまったんですよ。だってね、おじさん。今夜《こんや》はぼくにとって、とくべつな夜《よる》なんです。とびきりすてきに見《み》せなくっちゃいけないんだ。」

アーンストは、自分《じぶん》でお酒《さけ》をつぎながら、そういいました。

「いや、そういうことじゃなくてだね。どうやって伯爵夫人《はくしゃくふじん》を見《み》つけたのかって聞《き》いとるんだよ。」

と、ネズミさんがいいました。

「ああなんだ、そのことですか。」

と、アーンストはうなずきました。

「じつをいえば、ぼくはなにもしていないんですよ。たいへんだったのは、ふんすいの近《ちか》くに住《す》んでいる、あの伝書《でんしょ》バトのおじいさんです。」

「あのハトさんね。わたしたちが、助《たす》けをたのんでおいたのよ。」

と、ネズミのおくさんがいいました。

「ぎりぎりセーフだったって、聞《き》きましたよ。かんり人《にん》が手《て》をのばしたしゅんかんに、おじいさんハトが、あの人《ひと》をつかみあげてくれたんですって？　危機一髪《ききいっぱつ》というやつですね。で、そのあと小道《こみち》の横《よこ》で、ぼくがあの人《ひと》を見《み》つけてしまったっていうわけです。」

と、アーンストが説明《せつめい》しました。

「まったくひどい話《はなし》ですわ。」

と、伯爵夫人《はくしゃくふじん》が、口《くち》をはさみました。

「あのおいぼれハトといったら！　あのハトのつめがどんなだか、ごぞんじ？　まあ、ハトなんかに誇《ほこ》りというものがどういうものか、わかるわけありませんわね。」

アーンストは、ニワトコの花《はな》のワインをぐいっと飲《の》みました。

「あの人《ひと》はね、自分《じぶん》の日《ひ》がさで、かわいそうな伝書《でんしょ》バトのおじいさんを、なんどもなんどもつっつきまわしたんですよ。それでもおじいさんは、あの人《ひと》をはなさなかったんだ。ほんとに尊敬《そんけい》しますよ。」

「まあまあ、ぶじでよかったじゃありませんか。どこもけがはしていないようですしね。それがいちばんですよ。」

あつあつで湯気《ゆげ》の出《で》ているパイをテーブルにはこびながら、ネズミのおくさんがいいました。

「さあ、夕飯《ゆうはん》ですよ。」

「正直《しょうじき》にいってね、おじさん。」

と、アーンストがいいました。

「あの人《ひと》は、はやいところ追《お》いだしたほうがいいですよ。トラブルの原因《げんいん》になるだけだ。自分《じぶん》が何様《なにさま》のつもりか知《し》らないけれど、やたらお高《たか》くとまっちゃってさ。」

「まあ、そこのわかいかたに、ご説明《せつめい》しなくちゃいけないようですわね。わたくしは、なんと、お屋敷《やしき》の大広間《おおひろま》の出《で》なんですのよ。」

「はいはい。」

アーンストは伯爵夫人《はくしゃくふじん》の言葉《ことば》をさえぎり、いすからこしをうかせながらいいました。

「それは、もう何百回《なんびゃっかい》も聞《き》きましたよ。」

「あら、アーンスト、いっしょに夕飯《ゆうはん》を食《た》べていきなさいな。食《た》べれば気分《きぶん》もよくなるわ。」

ネズミのおくさんが、なんとかその場《ば》のふんいきをもりあげようと声《こえ》をかけました。

アーンストはぼうしをかぶり、ネズミのおくさんのほっぺにキスをしました。

「うまそうなにおいだね、おばさん。でも、デートのやくそくがあるんだ。彼女《かのじょ》のたんじょうびなんだよ。今夜《こんや》は、これをわたすんだ。」

そういうと、アーンストは、ポケットから婚約《こんやく》ゆびわを出《だ》して見《み》せました。

「これ、どうかな?」

おくさんは、アーンストをだきしめました。

「まあ、アーンスト、とてもすてきよ。きっと、彼女《かのじょ》もよろこぶわ。」

ネズミさんも、アーンストの背中《せなか》を軽《かる》くたたき、明《あか》るい声《こえ》でいいました。

「じゃあ近々《ちかぢか》、婚約《こんやく》パーティーだな。」

「あの、それでさ、おばさん。パーティーなんだけど、ここでやってもいいかな? めいわくじゃなければ、だけどさ。」

と、アーンストが聞《き》きました。

ネズミのおくさんは、わらいながらいいました。

「めいわくですって？　だいじなおいの婚約《こんやく》パーティーが？　とんでもないですよ！」

「アーンスト、出《で》かけてしまうまえに、ひとことお礼《れい》をいわせてください。それに、めんどうをかけちゃって、もうしわけなかった。」

と、ブーラーが声《こえ》をかけました。

「べつに、きみのせいじゃないさ。」

と、アーンストがいいました。

「ありがとう。」

キルトもお礼《れい》をいうと、アーンストとあくしゅをしました。

「ほんとうにありがとう。」

チンタンもそういって、アーンストのほっぺにキスをしました。

「なんてことないよ。お役《やく》に立《た》てて光栄《こうえい》です。」

うれしそうに、アーンストがいいました。

そして、みんなでそろって、出《で》かけていくアーンストの背中《せなか》に声《こえ》をかけました。

「がんばってね！」

人形《にんぎょう》たちは、伯爵夫人《はくしゃくふじん》のほうにむきなおりました。伯爵夫人《はくしゃくふじん》は、陶器《とうき》でできた頭《あたま》をつんとあげて、すわっています。人形《にんぎょう》たちは、そんな伯爵夫人《はくしゃくふじん》のたいどを、はずかしく思《おも》いました。

「まさか、わたくしに、こんなかっこうのまま食事《しょくじ》をしろ、なんておっしゃらないでしょうね。おふろと、あたたかいタオル、それに着《き》がえのドレスがひつようですわ。」

そういうと、伯爵夫人《はくしゃくふじん》はちょっとだまって考《かんが》えていました。そして、

「それに、塩《しお》と酢《す》をちょっとふった、きゅうりのサンドイッチがほしいですわね。」

と、つけたしました。

ブーラーは、まっすぐに伯爵夫人《はくしゃくふじん》の目《め》を見《み》ていいました。

「あなたは、アーンストにお礼《れい》のひとつもいいませ

んでしたね。助《たす》けてもらったのに、お礼《れい》もいわないなんて、どういうつもりですか?」

「あらまあ、わたくしがだれだか、思《おも》いださせてあげないといけないんですの?」

伯爵夫人《はくしゃくふじん》は、つめたくいいはなちました。

「わたくしは、伯爵夫人《はくしゃくふじん》です。」

「だから、なんだというんですか? ぼくたちは、みんなただの人形《にんぎょう》です。それも、箱《はこ》に入《い》れて公園《こうえん》にすてられたんだ。ここにいらっしゃるネズミさんとネズミのおくさん、おふたりのおいのアーンスト、それにきずだらけになってしまった伝書《でんしょ》バトさんが勇気《ゆうき》を出《だ》してくださらなかったら、ぼくたちは、いまごろごみといっしょにすてられていたんですよ。」

「わたくしたちがいたのは、ごみ箱《ばこ》なんかじゃありませんわ。わたくしたちは、買《か》いものかごに入《い》れられて、うちに帰《かえ》るところでしたのよ。」

伯爵夫人《はくしゃくふじん》はそういうと、すっと立《た》ちあがりました。すると、ネズミのおくさんが、伯爵夫人《はくしゃくふじん》のそばへいき、そっとうでをとりました。

「あなたはつかれて、おなかもへっているはずですよ。ほら、パイをちょっと食《た》べて。わたしが、おふろをわかしてあげますよ。それに、ねまきもかしてあげましょう。それでいかが？」

伯爵夫人《はくしゃくふじん》は、こしをおろして、小《ちい》さな声《こえ》でそっとつぶやきました。

「ありがとう。」

8

つぎの日《ひ》の朝《あさ》、ネズミさんは、ブーラーとキルトに食《た》べものの集《あつ》めかたを教《おし》えておこう、と思《おも》いつきました。食《た》べものを集《あつ》める――これは、公園《こうえん》で生《い》きていくために、なによりたいせつなことだからです。

外《そと》は太陽《たいよう》の光《ひかり》がふりそそぎ、大《おお》きい〈足《あし》たち〉も小《ちい》さい〈足《あし》たち〉も、それぞれ楽《たの》しくすごしていました。カフェでコーヒーを飲《の》んだり、ワッフルを食《た》べたり、メリーゴーランドの色《いろ》あざやかな馬《うま》がまわるのをながめたりしていました。そんななか、ネズミさんとブーラーとキルトは、〈足《あし》たち〉に見《み》つからないように、やぶからやぶへと移動《いどう》しながら、食《た》べものをさがしてまわりました。

お昼《ひる》になると、ネズミさんたちは、あやつり人形劇場《にんぎょうげきじょう》のむかいがわにある木《き》の根《ね》もとで、昼《ひる》ごはんを食《た》べることにしました。

　午前中《ごぜんちゅう》は、食《た》べもの集《あつ》めがうまくいったとはいえませんでした。ふくろのなかは、ほとんど空《から》です。ネズミさんは、テーブルクロスを広《ひろ》げると、その上《うえ》にパン、チーズ、それに小《ちい》さなパイを三つと、ジンジャーエールを一びん置《お》きました。

　ブーラーは、このときはじめて、公園《こうえん》というものをじっくり見《み》ました。そして、かべにかこまれていない世界《せかい》とは、なんてこわいものなんだろう、と思《おも》いました。いっぽうキルトは、しきりのない空間《くうかん》をのびのびと楽《たの》しんでいました。

「はてしない海《うみ》みたいだなあ。」

　キルトは、大《おお》きな声《こえ》でいいました。

ネズミさんたちが昼《ひる》ごはんを食《た》べおわった
ちょうどそのとき、あやつり人形劇場《にんぎょうげきじょう》のドアが開《ひら》いて、なかから大《おお》きい〈足《あし》たち〉や小《ちい》さい〈足《あし》たち〉が、ぞろぞろ出《で》てきました。

「さあ、いまですぞ。」

ネズミさんはチョッキについたパンくずをはらうと、そういいました。

「わしのやることを、しっかり見《み》ておってくださいね。」

ネズミさんは、〈足《あし》たち〉の合間《あいま》をぬって、つまさき立《だ》ちで走《はし》りまわり、あちらからこちらへさっさっと動《うご》きながら、だれにも見《み》られ

ずに、ごちそうを山《やま》のようにもちかえってきました。

ネズミさんは、ハンカチを出《だ》してひたいの汗《あせ》をぬぐうと、いいました。

「いいですかな。なにがあろうとも、劇場《げきじょう》のなかへ入《はい》ってはなりませんぞ。」

「どうして？」

と、キルトがたずねました。

「いや、あやつり人形《にんぎょう》たちとは、ちょっとうまくいっておらんのです……。」

ネズミさんは、どぎまぎしたようすで、そういいました。

でもブーラーは、その話《はなし》をちっとも聞《き》いていませんでした。開《あ》けはなされた劇場《げきじょう》のドアから、目《め》がはなせなかったのです。まるで目《め》に見《み》えない糸《いと》にみちびかれるように、わけもわからないまま、劇場《げきじょう》のまえの中庭《なかにわ》に走《はし》っていってしまいました。

そうしてブーラーが、そのまま劇場《げきじょう》のなかに入《はい》っていってしまうのを、ネズミさんとキルトは、口《くち》をぽかんと開《あ》けて、見《み》おくったのでした。

9

劇場《げきじょう》の幕《まく》はあがったままで、ライトもまだついていました。ブーラーの目《め》のまえには、絵《え》にかいた神秘的《しんぴてき》な森《もり》が広《ひろ》がっていました。あれこれ考《かんが》えるよりさきに、ブーラーは舞台《ぶたい》によじのぼると、しばらくじっと立《た》って、まわりをながめまわしました。

やがて、両《りょう》うでを広《ひろ》げ、こうさけびました。

「ここはだれかのうちですか？」

「どうだろうね。たしかに、そういわれてみれば、わたしにとってはうちだな。」

ブーラーのうしろから、うなるような声《こえ》がしました。ふりむくと、なんと大《おお》きな動《どう》物《ぶつ》がこちらにむかってくるではありませんか。黄色《きいろ》い目《め》、とがった耳《みみ》に、とがった鼻《はな》、

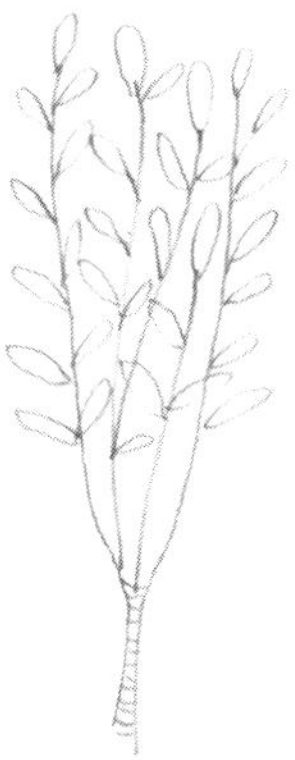

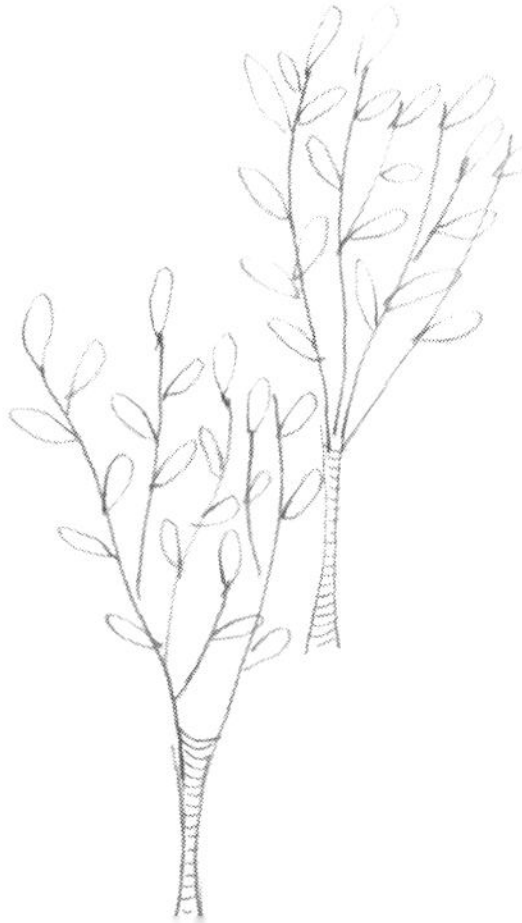

大《おお》きくてするどい、きらりと光《ひか》る白《しろ》い歯《は》。ブーラーの頭《あたま》に、伯爵夫人《はくしゃくふじん》が大《おお》きなネコにさらわれそうになった話《はなし》がよみがえり、心臓《しんぞう》がドキンとはねあがりました。

これでいっかんの終《お》わりだ、とブーラーは思《おも》いました。でも、じっと見《み》つめているうちに、恐怖《きょうふ》はどこかへいってしまいました。ただの、あやつり人形《にんぎょう》だとわかったからです。

「〈三びきのこぶた〉のなかでは、こういうのさ。『おまえの家《いえ》なんか、ふきとばしてやるぞ！』」

オオカミのミスター・ウルフは、わざわざやってみせてくれました。

「とてもお上手《じょうず》です。」

ブーラーは、はくしゅしながらいいました。

「きみをこわがらせるつもりはなかったんだよ。でも、おとぎ話《ばなし》のなかでは、オオカミはいつでも、こわい相手《あいて》ときまっているからね。こわがらせるのが、わたしの仕事《しごと》のひとつなのさ。」

ミスター・ウルフはそういうと、にっこりほほえみました。

「で、きみはどなたかな?」

「ぼくは、ブーラーといいます。四人《にん》の人形《にんぎょう》といっしょに箱《はこ》に入《い》れられて、公園《こうえん》にすてられていたんです。」

「ああ、なるほどね。きのうの大脱走《だいだっそう》の話《はなし》は聞《き》いているよ。ぶじにあの場《ば》をにげることができて、幸運《こううん》だったね。」

と、ミスター・ウルフがいいました。

「ぼくたちがぶじだったのは、全部《ぜんぶ》ネズミさんとネズミのおくさんのおかげなんです。でも、こまったことに、ぼくたちの箱《はこ》がなくなってしまって……。」

「うん、あれはじっさい、すてきな箱《はこ》だ。木《き》でできていて、ふたがぴったり閉《し》まる。あのなかなら、きみたちはあたたかいし、ぬれることもない。」

「どうしてそれを？」

ブーラーが、おどろいて聞《き》きました。

「どうしてって、きみ、それはこのあいだの晩《ばん》、ぐうぜんその箱《はこ》を見《み》つけて、なかにいた陶器《とうき》の人形《にんぎょう》を助《たす》けてやろうとしたからさ。まあ、どだいむりな話《はなし》だったがね。あの人形《にんぎょう》は、あっちへこっちへとにげまわるばかりで、とてもじっとしちゃいない

のさ。まったく、分別《ふんべつ》というものがかんじられなかったよ。」

「伯爵夫人《はくしゃくふじん》は、ネコを見《み》たといってました。」

「わたしが、ネコだって？　とんでもない。」

オオカミのミスター・ウルフは、気《き》を悪《わる》くしたようでした。ブーラーは、自分《じぶん》がよけいなことをいってしまったのだと気《き》づきました。

「ゆるしてやってください。伯《はく》爵夫人《しゃくふじん》は、お屋敷《やしき》の大広間《おおひろま》にしか住《す》んだことがないんです。外《そと》の大《おお》きな世界《せかい》のことなんて、なんにも知《し》らないんです。」

ブーラーは、いっしょうけんめい説明《せつめい》しました。

「まったく、そのとおりだ。」

ミスター・ウルフは、そっけなくいいました。

「とにかく、かんり人《にん》があのいまいましいネコのニャーゴをよびにいっているあいだに、わたしがあの箱《はこ》を、ごみ箱《ばこ》からひろいだしておいたよ。そして、やぶの下《した》にまたかくしておいたからね。」

あの箱《はこ》がぶじだったなんて！　ブーラーは、言葉《ことば》もありませんでした。きょうは、なんとすばらしい日《ひ》なのでしょうか。思《おも》いもかけない展開《てんかい》とおどろきの連続《れんぞく》です。

ブーラーは、劇場《げきじょう》で楽《たの》しい時間《じかん》をすごしました。あまり楽《たの》しくて、友《とも》だちが外《そと》で心配《しんぱい》しながらまっているということを、すっかりわすれてしまいました。

10

　ブーラーがようやく劇場《げきじょう》から出《で》てきたころ、外《そと》は雨《あめ》がふりだしていました。公園《こうえん》には、ひとけがありませんでした。〈足《あし》たち〉はみんな、家《いえ》に帰《かえ》ってしまったようです。キルトとネズミさんは、大《おお》きな葉《は》っぱの下《した》で雨《あま》やどりしていました。

「なにをしとったんですか？　ずいぶん心配《しんぱい》しましたぞ。」

と、ネズミさんがいいました。

「ごめんなさい。」

　ブーラーはあやまりました。

「でも、あやつり人形《にんぎょう》のミスター・ウルフがあたたかくむかえてくれて、劇場《げきじょう》のなかを見《み》せてもらっていたんです。それに、こんなものもくれたんですよ。」

そういうと、ブーラーはうれしそうに、食《た》べものがいっぱいつまったふくろを見《み》せました。

「それから、聞《き》いてください。ミスター・ウルフは、ぼくたちのあの箱《はこ》をひろいだしておいてくれたそうです。」

「わあお、そいつはすごいや！」

キルトも大《おお》よろこびです。

「出《で》ていけ！　とか、二度《ど》と来《く》るな！　とか、そんなことをいわれなかったかい？」

ネズミさんが、とまどったようにたずねました。

「いいえ。」

ネズミさんの思《おも》いもよらないしつもんに、ブーラーのほうがとまどってしまいました。

「ミスター・ウルフは、とても親切《しんせつ》でしたよ。それに、ネズミさんがとてもゆうかんで、ぼくたちを助《たす》けてくれたという話《はなし》は、公園《こうえん》じゅうのだれもが知《し》っているそうです。ネズミさんも、いつでも劇場《げきじょう》に遊《あそ》びにきてくださいと、ミスター・ウルフがいってましたよ。」

「ほんとうに？　いやはや、しっぽもびっくり、それはよかった。ほら、まえにもいいましたな？　この公園《こうえん》には、なんともふしぎな魔法《まほう》があふれておるんですよ。」

ネズミさんはそういうと、ブーラーのうでをとりました。

「さあ、帰《かえ》りましょうかね。わしのおくさんのいらいらがつのるまえに、もどったほうがいい。」

こうして、〈食《た》べもの集《あつ》め隊《たい》〉の三人《にん》は家《いえ》に帰《かえ》りました。ところが、おどろいたことに、家《いえ》ではネズミのおくさんが、なみだにくれているではありませんか。どうやら、伯爵夫人《はくしゃくふじん》がネズミのおくさんに、箱《はこ》のなかに入《はい》ってくるな、などと失礼《しつれい》なことをいったようなのです。

「あの人《ひと》がわたしにむかってなんていったか、とても口《くち》にはできませんよ。」

すすり泣《な》きながら、おくさんがいいました。

「あまりにひどい言葉《ことば》ですからね、あなたの耳《みみ》に入《い》れるわけにはいきません。」

それを聞《き》くと、ネズミさんは頭《あたま》の毛《け》をさかだてて、おこりだしました。

「できるだけのことをしてあげとるのに、なんてことだ！」

「どうかまってください。」

ブーラーは、食《た》べもののつまったふくろを、そっとおくさんに手《て》わたしながら、いいました。

「きっと、なにか誤解《ごかい》があったにちがいありません。ようすを見《み》てきますから。」

「わかりました。しかし、伯爵夫人《はくしゃくふじん》にはつたえておいてくださいよ。そっちがあやまるまで、うちには来《こ》ないでほしいと、わしがいっておったとね。」

ネズミさんは、ぷりぷりしながらいいました。

11

伯爵夫人《はくしゃくふじん》は、ネズミさんの家《いえ》からいすをひとつとランプをひとつ、なんのことわりもなく、もちだしていました。そして、箱《はこ》のまんなかで、ランプを横《よこ》に置《お》き、いすにすわっていました。まるで気《き》むずかしい女王《じょおう》さまのようです。スティッチは、箱《はこ》のかたすみで、大《おお》きなシルクハットをかぶって立《た》っていました。チンタンは、水《みず》の入《はい》ったバケツで、服《ふく》をあらっています。

「いったいぜんたい、なにをしているんですか?」

ブーラーが、たずねました。

「すわっているんですわ。母親《ははおや》というのは、とてもつかれるものなんですのよ。」

伯爵夫人《はくしゃくふじん》が、こたえました。

「え？　母親《ははおや》って……あなたが？　だれの？」

キルトは、びっくりして聞《き》きました。

「もちろん、スティッチの母親《ははおや》ですわよ。」

伯爵夫人《はくしゃくふじん》が、キッとなっていいました。

「ブーラー、あなたはスティッチの父親《ちちおや》です。さあ、お父《とう》さま、スティッチったら、とても悪《わる》い子《こ》なんですのよ。わたくしのぼうしを、あのどろぼうネズミにやろうとしたんですの。スティッチはばつとして、すみに立《た》たせておきましたわ。お父《とう》さまがお帰《かえ》りになったら、きっとひどくしかられるだろうって、いっておきましたからね。」

「まった！　いいかげんにしてくれ。」

ブーラーは、おこってさけびました。

「ぼくは、スティッチの父親《ちちおや》なんかじゃない。あなたも、スティッチの母親《ははおや》じゃないい

でしょう。だいたいぼくたちは、箱《はこ》に入《い》れられるまで、会《あ》ったこともなかったはずだ。」

「もちろん、会《あ》ったことなんかありませんわ。」

伯爵夫人《はくしゃくふじん》は、平然《へいぜん》といいました。

「ごっこ遊《あそ》びをしているだけですのよ。バカねえ。」

「それは、子《こ》どもたちが、ぼくら人形《にんぎょう》を使《つか》ってする遊《あそ》びだろ。ぼくらが、自分《じぶん》たちだけでやって、どうするんだよ。」

キルトは、そういうと、まだあらいものをつづけているチンタンのところへいきました。

「そんなこと、しなくていいよ。手《て》がだめになっちゃうじゃないか。きみの手《て》は布《ぬの》でできてるんだから。」

「その子《こ》は、ほっといてくださいな。」

伯爵夫人《はくしゃくふじん》が、命令《めいれい》しました。

「その子は、わたくしの〈ハンドメイド〉なんですのよ。わたくしの手《ハンド》のかわりにははたらくメイドですの。」

「あなたの、なんですって?」

ブーラーが、うんざりして聞《き》きました。

「わたくしの手《ハンド》のかわりにはたらく〈ハンドメイド〉ですの。」

と、伯爵夫人《はくしゃくふじん》はくりかえしました。

「チンタン、ブーラーに見《み》せておあげなさい。」

チンタンは、悲《かな》しそうに服《ふく》のすそをもちあげると、ラベルを見《み》せました。そこには、かわいらしいむらさきの文字《もじ》で〈ハンドメイド〉と書《か》

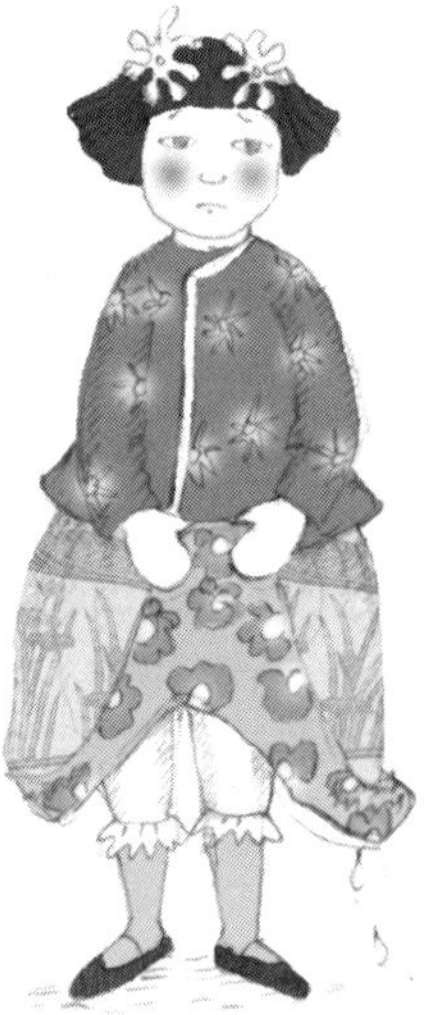

かれていました（おやおや、なんだかおかしいですね。〈ハンドメイド〉というのは、ほんとうは〈手作《てづく》り〉という意味《いみ》なんですよ）。

「それでは、つぎはわたくしのラベルを、お見《み》せなさい。」

伯爵夫人《はくしゃくふじん》がいいつけたので、チンタンは、ポトポトと水《みず》のしたたる伯爵夫人《はくしゃくふじん》のドレスを、もってきました。そのラベルには、

〈デリケートなので、ほかのせんたくものとわけて、あらってください〉

と、書《か》かれていました。

「おわかりになったでしょ！　わたくしは、デリケートなんですのよ。」

伯爵夫人《はくしゃくふじん》が、かちほこったようにいいました。

「強《つよ》いものが、弱《よわ》いもののめんどうをみるべきだろ。」

と、キルトがいいました。

「チンタンとスティッチは、やわらかい布《ぬの》の人形《にんぎょう》なんだ。でも、ぼくとブーラーと

あなたは、もっとじょうぶなもので作《つく》られているじゃないか。」

「ねえ、伯爵夫人《はくしゃくふじん》がお母《かあ》さんじゃないんなら、ぼく、ここに立《た》ってなくてもいい？」

スティッチが、いまにも泣《な》きそうな顔《かお》でたずねました。

「もちろんだよ。」

と、ブーラーがいうと、

「だめです。」

と、伯爵夫人《はくしゃくふじん》が、いいはります。

「どうしてあなたは、そんなにいじわるなんですか？　あなたには、心《こころ》というものがないんですか？」

と、ブーラーがたずねました。

「もちろん、ありませんわ。わたくしは、そんなものがひつようないくらい、身分《みぶん》が高《たか》いんですのよ。」

伯爵夫人《はくしゃくふじん》は、そういいはなちました。

キルトは、チンタンに手《て》をかして、箱《はこ》から出《だ》してやりました。

「おいでよ。ネズミのおくさんにいえば、またうちに入《い》れてもらえるさ。あたたかいだんろの火《ひ》で、そのぬれた手《て》をかわかさなきゃね。」

キルトがチンタンとスティッチをつれていってしまうと、ブーラーは、ネズミのおくさんが気《き》に入《い》っていたあのぼうしを、手《て》にとりました。

「なにをなさるつもり？　わたくしのも

のですわ。」

と、伯爵夫人《はくしゃくふじん》が、声《こえ》をあげました。

「いいですか。ネズミさんとネズミのおくさんがいなければ、ぼくたちは全員《ぜんいん》、とっくに命《いのち》をうしなっていたんですよ。ありがたく思《おも》わなくちゃいけない。あなたがしていることはなにもかも、みんなにめいわくをかけることばかりだ。あなたのなにが、そんなにとくべつだというんです？」

と、ブーラーはいいました。すると、伯爵夫人《はくしゃくふじん》が、さけびました。

「わたくしは、いつだってみんなのあこがれでしたのよ。うつくしい小《ちい》さな女《おんな》の子《こ》が、わたくしで遊《あそ》んだものですわ。その子《こ》がなんていったかごぞんじ？　その子《こ》は、わたくしをじっと見《み》ると、ささやくようにこういったんですのよ。『あなたみたいなお母《かあ》さんがいたらなあ』って。」

ブーラーは、伯爵夫人《はくしゃくふじん》をじっと見《み》つめました。

「そのいすとランプは、もっていきます。あなたのものじゃありませんからね。」

「じゃあ、わたくしにどうしろとおっしゃるの？　ここにつっ立《た》っていろとでも？」

「さあ、そんなこと、ぼくは知《し》りませんよ。もし、夕飯《ゆうはん》を食《た》べにくるんなら、そのときは、このぼうしをおくさんへの手《て》みやげにするといい。そして、自分《じぶん》の無礼《ぶれい》なたいどをあやまるんですね。」

ブーラーはそういうと、箱《はこ》から出《で》ていきました。

伯爵夫人《はくしゃくふじん》はひとり、箱《はこ》のなかにとりのこされました。そばにあるのは、体《からだ》にあわないドレスだけです。

「わたくしは、ずっとここにいますわ。」

伯爵夫人《はくしゃくふじん》は、暗《くら》やみにむかっていいました。

「わたくしのぼうしを、あんなネズミになんか、やるもんですか。」

12

それからしばらく、
人形《にんぎょう》たちにとっては、
気《き》の重《おも》い毎日《まいにち》がつづきました。
伯爵夫人《はくしゃくふじん》は、ネズミのおくさんに
あやまろうとはしませんでした。そのかわり、
箱《はこ》のてっぺんに立《た》っては下《した》へおり、力《ちから》のかぎりに箱《はこ》をおして、
すこしでもネズミさんの家《いえ》からはなそうとするのでした。

伯爵夫人《はくしゃくふじん》がいったいなにをしているのか、だれにもわかりませんでした。でも、公園《こうえん》のなかには、そんな伯爵夫人《はくしゃくふじん》のようすをきょうみぶかげに見《み》ているものがいたのです。とくに、あのネコ、ニャーゴがそうでした。

人形《にんぎょう》たちはだれも、伯爵夫人《はくしゃくふじん》のところに、話《はなし》をしにいこうとはしませんでした。でも、チンタンだけは、なんとかしなくちゃと思《おも》っていました。チンタンは、濃《こ》いきりのようにみんなのあいだにたちこめる、いやなふんいきに、もうがまんできなかったのです。

チンタンは、いつものように箱《はこ》のてっぺんに立《た》っている伯爵夫《はくしゃくふ》人《じん》に、声《こえ》をかけてみました。

「そんなところにひとりで立《た》って

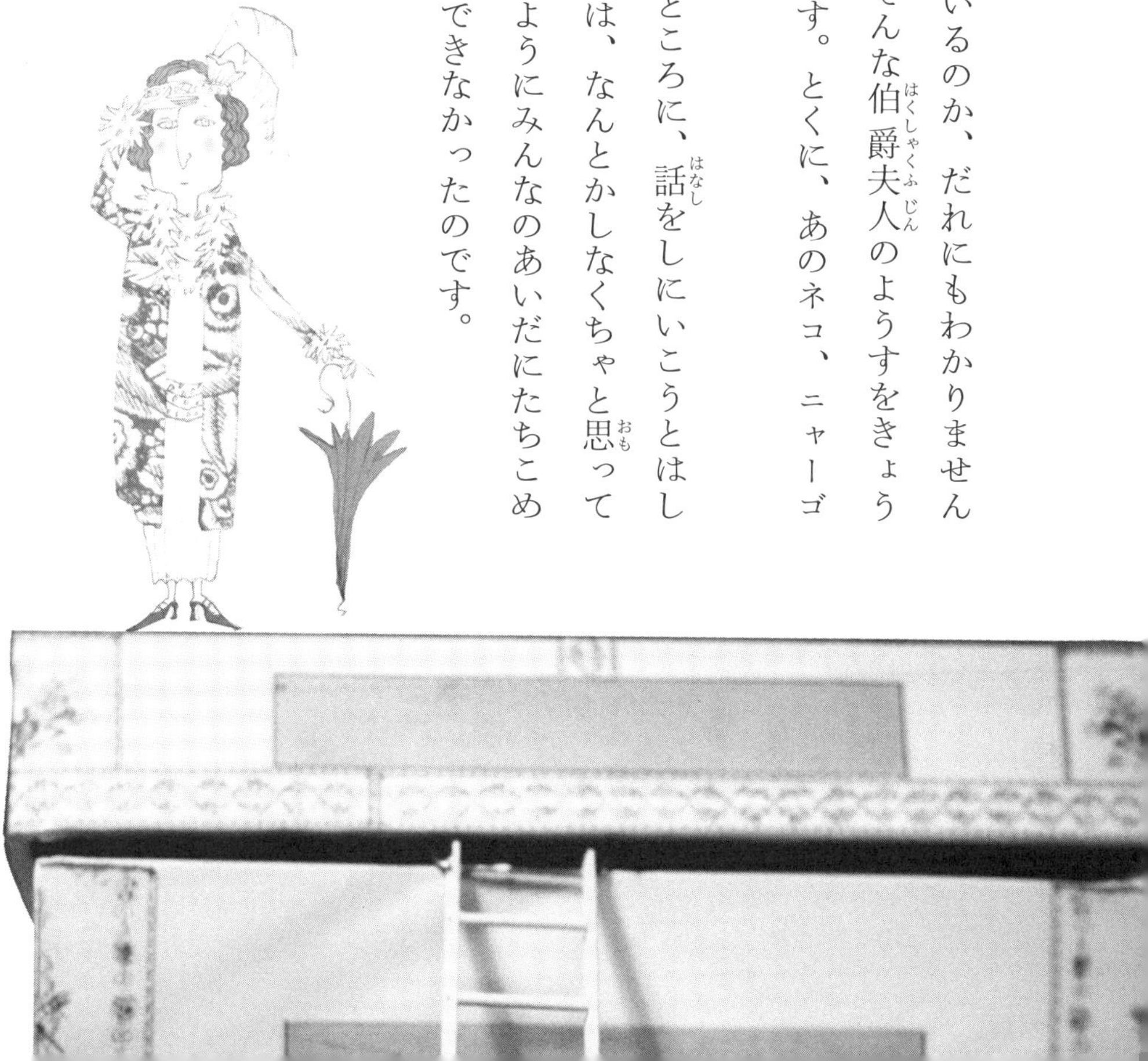

ると、あぶないと思《おも》うわ。」

「あっちへおゆき！　ちっぽけな人形《にんぎょう》に、用《よう》はありませんわ。」

と、伯爵夫人《はくしゃくふじん》がいいました。

それでも、チンタンは、勇気《ゆうき》をふりしぼってつづけました。

「ネズミさんがね、ニャーゴがあなたをねらってるって、いってるわ。とってもあぶないって。」

「ばかばかしい。布《ぬの》でできた人形《にんぎょう》に、いったいなにがわかるっていうのかしら。」

伯爵夫人《はくしゃくふじん》は、頭《あたま》のかざりをなおしながらいいました。

「わたくしは、身分《みぶん》の高《たか》い人形《にんぎょう》なんですからね。そんな、こぎたないネコごときが、手《て》を出《だ》せるような相手《あいて》じゃありませんのよ。」

チンタンは、伯爵夫人《はくしゃくふじん》が箱《はこ》に立《た》てかけておいたはしごのほうに、歩《ある》いていきました。そして、はしごをのぼりながら、いいました。

「あたしたち、みんないっしょにいるべきだと思《おも》わない？　ねえ、お願《ねが》い、もどってきて。あたし、あなたの手《て》のかわりにはたらく〈ハンドメイド〉だってかまわないわ。それであなたが満足《まんぞく》するなら、ほんとに、あたし、それでいいから。」

伯爵夫人《はくしゃくふじん》は、チンタンを見《み》おろしました。

「あなたなんか、ひつようなくってよ。ちゃんとした手《て》や足《あし》のない〈ハンドメイド〉なんて、役《やく》に立《た》たないわ。」

チンタンは、まるで心臓《しんぞう》を矢《や》でつらぬかれたようにかんじました。そして、言葉《ことば》もなく、はしごをおりると、ネズミさんの家《いえ》に入《はい》っていきました。

小《ちい》さなベッドにこしをおろしたチンタンは、悲《かな》しみでいっぱいでした。伯爵夫人《はくしゃくふじん》は正《ただ》しいわ。あたしには、みんなのように、ちゃんとした手《て》や足《あし》がない。みんなはきれいで、とくべつなお人形《にんぎょう》なのに、あたしはふにゃふにゃやわらかくって、形《かたち》もちゃんとしていないし。こんなまるい手《て》の〈ハンドメイド〉なんて、なんにもできないんだわ。

チンタンは、そう思《おも》ったのでした。

13

その夜《よる》、ネズミさん夫婦《ふうふ》と人形《にんぎょう》たちは、外《そと》から聞《き》こえるものすごい音《おと》で目《め》をさましました。かみなりのようなゴロゴロという音《おと》がして、げんかんのドアがガタガタとふるえました。

「なにがあったのか、見《み》にいかなくっちゃ。伯爵夫人《はくしゃくふじん》が、ひどい目《め》にあっているかもしれないもの。」

と、チンタンがいいました。

「それは、かしこいせんたくとはいえんな。」と、ネズミさんがいいました。

「われわれには、なにもできんよ。もし、外《そと》にいるのがニャーゴだとしたら、出《で》ていったがさいご、ひとり残《のこ》らず食《た》べられてしまいますぞ。」

ネズミのおくさんが、小《ちい》さなひめいをもらしました。

「だれも外《そと》へいってはいけません。いっかんの終《お》わりです。」

おくさんは、ふるえながらいいました。

「朝《あさ》までまつことにしましょう。」

チンタンも、ほかのみんなも、自分《じぶん》たちのベッドにもどりました。

チンタンは、横《よこ》になってみたものの、ねむれませんでした。外《そと》の箱《はこ》のなかで、ひとりきりでいる伯爵夫人《はくしゃくふじん》のことが、頭《あたま》からはなれなかったのです。

つぎの日《ひ》の朝《あさ》はやく、おひさまがかがやくなかを、アーンストがやってきました。伯爵夫人《はくしゃくふじん》が、かんり人《にん》のカートにしばりつけられているのを見《み》た、というのです。

「なんてこった！　じゃあ、きのうの晩《ばん》、わしらが聞《き》いたのは、やっぱり伯爵夫人《はくしゃくふじん》がニャーゴにつかまる音《おと》だったんだな。」

と、ネズミさんが、いいました。

「いいやっかいばらいができたじゃないですか。」

あつあつのバターロールを手《て》にとりながら、アーンストがいいました。

「こんなに風《かぜ》が強《つよ》くちゃあ、伯《はく》爵夫人《しゃくふじん》は一日《にち》ともつまい。」

ネズミさんは、台所《だいどころ》のまどから外《そと》を見ながらいいました。

人形《にんぎょう》たちは、言葉《ことば》もありませんでした。

あんな人《ひと》いなくなればいいと思《おも》うのと、じっさいにいなくなってしまうのとでは、大《おお》ちがいです。

「ああ、わすれるところだった。」

アーンストはそういうと、立《た》ちあがってひげをぬぐいました。

「ここへ来《く》るとちゅうで見《み》つけたんだよ。記念《きねん》にとっておきたいかな、と思《おも》ってね。」

アーンストはげんかんへ出《で》ていくと、伯爵夫人《はくしゃくふじん》のかたうでをもってきました。

チンタンが、おもわずひめいをあげました。

「アーンスト！　食事中《しょくじちゅう》だぞ。」

「ごめんなさい、おじさん。」

ネズミさんに注意《ちゅうい》され、アーンストは、伯爵夫人《はくしゃくふじん》のうでをテーブルからどけて、部屋《へや》のすみに立《た》てかけました。

あんなうでを見《み》てしまったいじょう、チンタンは、もうじっとしてはいられませんでした。チンタンは、ふるえる声《こえ》でいいました。

「あの、あたしは、ただの布《ぬの》でできている、つまらない人形《にんぎょう》だわ。みんなみたいに、ちゃんとした手《て》も足《あし》もないし。でもね、あたしたちのうち、ひとりでもいなくなったら、それはみんないなくなったのと同《おな》じだと思《おも》うの。」

「つまり、なにをいいたいんだい？」

と、ブーラーが聞《き》きました。

「伯爵夫人《はくしゃくふじん》を助《たす》けにいかなくちゃっていうことよ。たしかに、伯爵夫人《はくしゃくふじん》は、あたしたちにいやなことをいったり、したりしたけれど、でも助《たす》けるべきだと思《おも》うの。だって、あたしたちは、なにがあってもいっしょでなくっちゃ。」

チンタンは、はずかしそうに、そういいました。

「どうして?」

と、スティッチが聞《き》きました。

「伯爵夫人《はくしゃくふじん》は、チンタンにひどいことをいっぱいしたよ。それにぼくにだって、いじわるなお母《かあ》さんだったもの。」

「でもさ、チンタンのいうことも、もっ

ともかもな。」

と、キルトがいいました。

「ちょっとごめんよ。」

と、アーンストが口《くち》をはさみました。

「聞《き》きまちがいかもしれないけど。まさかきみたちは、あの鼻《はな》もちならない、自分《じぶん》かってな人形《にんぎょう》を助《たす》けにいこうとしているんじゃないよね？」

「伯爵夫人《はくしゃくふじん》がおらんほうが、あなたがたは、うまくやっていけると思《おも》いますよ。」

と、ネズミさんが、なだめるようにいいました。

「さあ、あの箱《はこ》があなたがたのすてきなうちになるように、わしらもおてつだいしますぞ。伯爵《はくしゃく》

夫人《ふじん》もいなくなったことですしな。」

人形《にんぎょう》たちの悲《かな》しそうな顔《かお》を見《み》たネズミさんは、できるだけやさしく説明《せつめい》しようとしました。あのカートにくくりつけられたおもちゃは、どれも長《なが》くはもたないということを。

「ああなってはもう、ネズミがヘビに飲《の》みこまれたも同然《どうぜん》なんですよ。」

そこへ、アーンストが、口《くち》をぬぐいながらいいました。

「とにかく。だれにせよ、この風《かぜ》がやまないことには、なにもできっこないさ。」

みんなは口《くち》ぐちに、伯爵夫人《はくしゃくふじん》を助《たす》けるべきかどうか、意見《いけん》をいいはじめました。そのあいだに、チンタンがテーブルからひとりはなれ、げんかんから出《で》ていったことには、だれひとり気《き》がつきませんでした。

14

チンタンも、げんかんのドアを閉《し》めた時点《じてん》では、これからこうしようとか、どこそこへいこうといったことは、なにひとつ、きめてはいませんでした。

そこへとつぜん、ピューーッと風《かぜ》がふいてきました。チンタンのスカートがふくらみ、つぎのしゅんかん、チンタンはふわりと浮《う》きあがっていました。そして、くるくるまわると、また、地面《じめん》におりたちました。これまでずっと

部屋《へや》のなかでくらしてきたチンタンは、こんなに強《つよ》い風《かぜ》にとばされたことなどありません。でも、風《かぜ》には、チンタンがどっちへいったらいいのか、ちゃんとわかっているようでした。チンタンは、自分《じぶん》が、こちらのやぶからあちらのやぶへと、はこばれていくのをかんじました。まわりでは、落《お》ち葉《ば》がまいおどっています。

チンタンは、風《かぜ》につれていかれるままになっていました。するとそこへ、かんり人《にん》のカートが、ぐらぐらとゆれながら小道《こみち》をやってくるのが見《み》えました。ニャーゴが、しっぽをぴんと高《たか》くあげて、カートのまえを歩《ある》いています。

チンタンは、ニャーゴが通《とお》りすぎるのをまちました。そして、カートがすぐ近《ちか》くに来《き》たときを見《み》はからって、走《はし》りながらできるだけ高《たか》くジャンプしました。

そのときです。また風《かぜ》がピューッとふいてきて、気《き》がつくとチンタンは、カートにくくりつけられている、命《いのち》をうしなったクマにしがみついていました。チンタンも、これにはびっくりしました。

チンタンは、そのかわいそうなクマの体《からだ》を、気《き》をつけながらよじのぼっていきました。そして、ついに伯爵夫人《はくしゃくふじん》を見《み》つけたのです。伯爵夫人《はくしゃくふじん》は、見《み》るもむざんな状態《じょうたい》でした。顔《かお》はかけ、つめものははみだし、かたうではなくなっていて、足《あし》は一本《ぽん》おれていました。足首《あしくび》のところがわれて、ぎざぎざになっています。

「チンタン、あなたなの?」

伯爵夫人《はくしゃくふじん》が、かぼそい声《こえ》でた

ずねました。

「そうよ。」

チンタンは、なんとかして伯爵夫人《はくしゃくふじん》をくくりつけているはり金《がね》をゆるめようと、がんばってみました。

「あなたを、助《たす》けにきたの。」

けれども、布《ぬの》の手《て》ではり金《がね》をほどくのは、むずかしいことでした。とても時間《じかん》がかかりそうです。

「ああ、チンタン。ほかのみんなはどこ？」

と、伯爵夫人《はくしゃくふじん》が、たずねました。

「もうすぐここへ来《く》ると思《おも》うわ。——やった！」

チンタンが、ほこらしげにいいました。

「あたしにも、できたわ。」

そのとき、伯爵夫人《はくしゃくふじん》がさけびました。

「気《き》をつけて！」

でも、おそすぎました。大《おお》きくて、がさがさしたかんり人《にん》の手《て》が、チンタンをつかみあげたのです。

「こりゃなんだ？」

と、かんり人《にん》がいいました。

「おや！　なにかと思《おも》えばちっちゃなかわいい人形《にんぎょう》じゃあないか。こいつはいい。」

「おいらのだよ。」

と、ニャーゴが、のどをならしました。

「おいらにちょうだい。」

ニャーゴは、かんり人《にん》の足《あし》もとにすりよっていき、

「ねえ、ちょうだいったら。」

と、おこったようにうなりました。

ところが、かんり人《にん》は、

「いや、だめだ。ちょっとでも手《て》を出《だ》してみろ、ただじゃおかないぞ。こいつは、とくべつな人形《にんぎょう》なんだからな。」

とほほえみながらいうと、ハンカチをとりだしてチンタンをしっかり包《つつ》み、上着《うわぎ》のポケットにすべりこませました。

かんり人《にん》は家《いえ》にむかって歩《ある》きはじめましたが、ニャーゴはむっとしていました。あまりはらが立《た》ったので、しっぽをまえへうしろへ、シュッシュッとふりながら、あとをついていきました。

いっぽう、かんり人《にん》は、うれしそうに小《ちい》さな声《こえ》で、歌《うた》までうたいだしました。このひろいものが、とても気《き》に入《い》ったのです。

カートは、ぐらぐらゆれながら小道《こみち》をすすんでいきます。

とつぜん、伯爵夫人《はくしゃくふじん》がぽろりと落《お》ちました。チンタンがはり金《がね》をゆるめておいたからです。

伯爵夫人《はくしゃくふじん》が落《お》ちたところは、水《みず》たまりでした。

カートがいってしまうと、伯爵夫人《はくしゃくふじん》は、きたない水《みず》たまりから、なんとか自分《じぶん》の体《からだ》をひきずりだしました。そして、まるでぐちゃぐちゃになったごみのように、じゃりの上《うえ》にたおれこんだのでした。

15

ネズミさんとネズミのおくさん、それにブーラー、キルト、スティッチが、伯爵夫人《はくしゃくふじん》とチンタンをさがしに出《で》かけたのは、もう日《ひ》がくれかかったころでした。

ミツバチからの知《し》らせは、けっしてよいものではありませんでした。チンタンは、あちらこちらへと、風《かぜ》にふきとばされていったようですが、それきり行方《ゆくえ》がわかりません。伯爵夫人《はくしゃくふじん》にいたっては、たしかに公《こう》園《えん》のかんり人《にん》のカートにくくりつけられていた、ということでした。

みんなは一列《れつ》にならび、手《て》に手《て》に武器《ぶき》をもって、できるだけやぶの近《ちか》くを歩《ある》いていきました。武器《ぶき》は、つえやかさ、おなべなどです。

小《ちい》さなスティッチは、いっしょうけんめいネズミのおくさんについていこうとして、おもわずつんのめりました。

「いたっ！」

とさけんだスティッチに、みんなが、「しーっ！」といいました。

「だって、けがしちゃったんだもん。ごみのかたまりに、なにかとがったものがくっついてたんだよう。」

ネズミのおくさんが、スティッチを助《たす》けおこしたとき、そのごみのかたまりがしゃべりました。

「ブーラー？」

ささやくような声《こえ》でした。

「なんてこった！」

そういうと、ネズミさんはもっとよく見《み》ようと体《からだ》を近《ちか》づけました。

「伯爵夫人《はくしゃくふじん》じゃないか。」

「ひどいけがをしているようですね。」

と、ブーラーがいいました。

「箱《はこ》につれてかえらなくては。」

みんなは、できるだけ注意《ちゅうい》しながら、そっと伯《はく》爵《しゃく》夫人《ふじん》の体《からだ》をもちあげました。それでも、伯爵《はくしゃく》夫人《ふじん》の体《からだ》からは、つめてあったおがくずが、さらさらともれてきてしまいます。

「ぼく、見《み》てられないよう。伯爵夫人《はくしゃくふじん》ったら、

うでは片《かた》っぽしかないし、足《あし》もあんなになっちゃった。」

スティッチは、泣《な》きそうでした。

ネズミのおくさんは自《じ》分《ぶん》のスカーフをとり、伯《はく》爵《しゃく》夫《ふ》人《じん》の体《からだ》にまきつけました。でも、おがくずはどんどんこぼれ落《お》ちます。

「うちにお帰《かえ》りなさい。」

伯《はく》爵《しゃく》夫《ふ》人《じん》が、よわよわしい声《こえ》でいいました。

「あの男《おとこ》が、あなたたちをつかまえに来《く》るまえに。あなたたちには、もうどうしようもありませんわ。」

ネズミさんは、耳《みみ》をかきました。これは、かなり危《き》険《けん》な状《じょう》況《きょう》です。しっぽいはゆるされません。

「くるりんしっぽのおくさんや。」

と、ネズミさんは、おくさんの手《て》をとっていいました。

「われわれには、助《たす》けがひつようだ。いますぐスティッチをつれて、あやつり人《にん》形《ぎょう》劇《げき》場《じょう》へいってほしい。そして、あやつり人《にん》形《ぎょう》のミスター・ウルフに、われわれがこまっとるといいなさい。」

「あやつり人《にん》形《ぎょう》に、ですって？　あなた、本《ほん》気《き》なの？」

と、おくさんが聞《き》きました。

「本《ほん》気《き》だとも。さあ、ぐずぐずしとるひまは、ひげ一本《ぽん》ぶんだってないんだ。」

ネズミのおくさんとスティッチのうしろすがたが、しだいに濃《こ》くなる暗《くら》やみにきえていくのを、ブーラーたちはじっと見《み》つめました。

「まつしかないな。そして、いのっていよう。」

ネズミさんがはげますようにいいました。それから力《ちから》をあわせて、伯爵夫人《はくしゃくふじん》を安全《あんぜん》なところまでひきずっていきました。けれどそれは、あまりいいことではありませんでした。残《のこ》っていたうでまで、とれそうになってしまったからです。

ネズミさんたちは、じゃり道《みち》にすわりこみました。そしてただひたすら、公園《こうえん》のネコたちが、えものをねらってうろうろしないことをいのっていました。

16

そのころ、ニャーゴは、かんり人《にん》が用意《ようい》した夕飯《ゆうはん》にそっぽをむいて、公園《こうえん》のなかへと、来《き》た道《みち》をもどっていました。はらぺこで、おなかはグーグー鳴《な》っていますし、はらも立《た》ってしかたありません。あの人形《にんぎょう》は、ほんとうならおいらのもので、すきなだけずたずたにできたはずだったのに、とニャーゴは思《おも》っていました。

ニャーゴは立《た》ちどまると、木《き》でつめをとぎ

ました。すずしい夜《よる》の暗《くら》やみのなかでも、ニャーゴはたいまつのように黄色《きいろ》い目《め》のおかげで、ものを見《み》ることができます。

と、ニャーゴは、いいものを発見《はっけん》しました。まえのほうに、人形《にんぎょう》がふたつと、まるまるとしておいしそうなネズミが一ぴきいるではありませんか。さっきの人形《にんぎょう》なんか、かんり人《にん》にやるさ、とニャーゴは思《おも》いました。こんなところに、ごちそうだけじゃなくって、夜《よる》じゅうずっと遊《あそ》べそうなお楽《たの》しみまであるなんて！

ネコは、いきをひそめて、すこしずつすこしずつ、えものに近《ちか》づいていきました。しっぽが音《おと》を立《た》てずに左右《さゆう》にふれます。ニャーゴのすがたは、暗《くら》やみにまぎれて見《み》えません。そして、じゅうぶん近《ちか》づいたところで、さっととびかかりました。

ニャーゴは、ブーラーの上着《うわぎ》をつかみ、ポーンとほうりなげました。ブーラーは、もっていたつえをふりまわし、

力《ちから》のかぎり
抵抗《ていこう》しました。

けれども、ブーラーのひっしの抵抗《ていこう》は、かえって、ニャーゴをよろこばせただけでした。ニャーゴは、ブーラーの頭《あたま》の上《うえ》に、すっと前足《まえあし》をのばしました。

それを見《み》たネズミさんは、かさを手《て》に、もうぜんと立《た》ちむかっていきました。すると、ニャーゴの前足《まえあし》が、こんどはネズミさんのしっぽの上《うえ》にふりおろされたのです。

キルトは、このたたかいのようすを、ふるえながら見《み》ていました。おそろしさのあまり、体《からだ》がかたまって、動《うご》けなかったのです。

ニャーゴはするどいつめで、ネズミさんのまるまるとしたおなかをなぞり、「フーム」と、うなりました。そして、いじわるそうに目《め》をきらりと光《ひか》らせると、ネズミさんのしっぽをはなしました。

ネズミさんは、命《いのち》からがら走《はし》りだしました。でもすぐに、ネコは前足《まえあし》をふりおろします。ネズミさんはまたしっぽをつかまれて、動《うご》けなくなってしまいました。

ニャーゴは、したなめずりしながら、にんまりしました。

「なんてうまそうなごちそうなんだ！」

ブーラーはもういちど立《た》ちあがり、むかっていこうとしました。こんどは、キルトもつづきます。ふたりが、おなべを手《て》に、ネコにとびかかろうとしたときです。なんと、しんじられないことに、伯爵夫人《はくしゃくふじん》が、体《からだ》からおがくずをさらさらとこぼしながら、立《た》ちあがったのです！　そして、おれてぎざぎざになった陶器《とうき》の足《あし》を、ニャーゴの前足《まえあし》に、つきたてました。

こうかは、ばつぐんでした。大《おお》きなネコは、するどい鳴《な》き声《ごえ》をあげると、背中《せなか》をまるめて、足《あし》をひきずりながら、走《はし》ってにげていきました。

「やったぞ！」

と、キルトがさけびました。

「わあお、やりましたね、伯爵夫人《はくしゃくふじん》！」

伯爵夫人《はくしゃくふじん》は、よわよわしくほほえむと、くずれ落《お》ちるようにたおれました。おどろいたキルトが、だきおこそうとしましたが、伯爵夫《はくしゃくふ》人《じん》は、ぐったりとその場《ば》に横《よこ》たわったまま動《うご》きません。そう、命《いのち》をうしなってしまったのです。

キルトとネズミさんは、ひざをつきました。

「伯爵夫人《はくしゃくふじん》……！」

キルトが、手《て》をそっとたたきながら声《こえ》をかけました。

「ねえ、しゃべってくださいよ。」

ネズミさんたちは、どうしたらいいのかわからず、とほうにくれてしまいました。

そのとき暗《くら》やみから、ブーラーがよく知《し》るあの声《こえ》が、きこえてきたのです。

17

「やあ、おこまりのようだね。」

ミスター・ウルフでした。

ミスター・ウルフは、地面《じめん》に横《よこ》たわったままの伯爵夫人《はくしゃくふじん》を見《み》ると、そっとだきあげました。そして、ハンカチで伯爵夫人《はくしゃくふじん》の体《からだ》を包《つつ》み、これいじょう中身《なかみ》がこぼれでないようにしました。

「まずはきみたちを、家《いえ》までおくってあげよう。」

ミスター・ウルフはそういうと、ブーラーたちを、ネズミさんの家《いえ》のげんかんまでおくってくれました。ネズミのおくさんとスティッチは、みんながぶじにもどってきたのを見《み》てよろこびました。

「それじゃあ、伯爵夫人《はくしゃくふじん》は、わたしがあずかっていくよ。」

そういって立《た》ちさろうとしたミスター・ウルフに、ブーラーが聞《き》きました。

「伯爵夫人《はくしゃくふじん》は、助《たす》かるでしょうか?」

「わたしには、なんともいえない。」

ミスター・ウルフは、こたえました。

「あやつり人形《にんぎょう》の親方《おやかた》にまかせるしかないんだ。親方《おやかた》は人形《にんぎょう》たちに魔法《まほう》を使《つか》えるのさ。親方《おやかた》ならもしかすると、伯爵夫人《はくしゃくふじん》を生《い》きかえらせることができるかもしれない。」

「ちょっとまってください。」

ブーラーはそういうと、家《いえ》のなかに入《はい》り、伯爵夫人《はくしゃくふじん》のうでをとってきました。

「これもいっしょに、もっていってください。」

ミスター・ウルフは、やさしくブーラーの背中《せなか》をたたきました。

「いいかい、希望《きぼう》をもつんだよ。希望《きぼう》があれば、道《みち》は開《ひら》ける。そうだろう?」

そういうと、ミスター・ウルフは、劇場《げきじょう》のほうへと帰《かえ》っていきました。

18

あやつり人形《にんぎょう》の親方《おやかた》は、もう何年《なんねん》も劇場《げきじょう》ではたらいていました。これまで、それはそれはたくさんのあやつり人形《にんぎょう》に、命《いのち》をふきこんできたのです。だから、公園《こうえん》が、なぞと魔法《まほう》にみちたところだということも、よくわかっていました。

それで、つぎの日《ひ》の朝《あさ》、しごと場《ば》の台《だい》の上《うえ》に、こわれた人形《にんぎょう》が置《お》いてあるのを見《み》たときも、これっぽっちもふしぎには思《おも》いませんでした。親方《おやかた》は、ぼろぼろになった伯爵夫人《はくしゃくふじん》の状態《じょうたい》をじっくり見《み》ると、

「かわいそうなお人形《にんぎょう》さん、いったいなにがあったんだい？　こりゃまるで、戦争《せんそう》にでもいってきたようだね。」

と、声《こえ》をかけました。

それから親方《おやかた》は、伯爵夫人《はくしゃくふじん》を生《い》きかえらせるために、ありったけの技《わざ》を使《つか》いました。はじめに、やさしくどろをあらいおとし、伯爵夫人《はくしゃくふじん》がどんな人形《にんぎょう》か、よく見《み》ました。親方《おやかた》がさいしょに思《おも》ったとおり、伯爵夫人《はくしゃくふじん》は年代《ねんだい》ものの、とても高価《こうか》な人形《にんぎょう》でした。でも、つめてあったおがくずがこぼれて、体《からだ》がふにゃふにゃになっています。

まず親方《おやかた》は、ビーズでかざった、それはうつくしい小《ちい》さなハート形《がた》の心臓《しんぞう》を作《つく》りました。そしてそれを、注意《ちゅうい》ぶかく伯爵夫人《はくしゃくふじん》のむねの部分《ぶぶん》に入《い》れると、まわりにやわらかい綿《わた》をつめ、ぬいあわせました。
そうやって、ひとつひとつ直《なお》すたびに、親方《おやかた》は伯爵夫人《はくしゃくふじん》を小《ちい》さなベッドにねかせ、あたたかい毛布《もうふ》でくるんで、ゆっくりと回復《かいふく》できるようにしてやりました。
おれて、足首《あしくび》から先《さき》がなくなってしまった足《あし》を直《なお》すのは、とくにむずかしいことでした。そこで、思《おも》いきって足《あし》をとってしまって、新《あたら》しい足《あし》をつけなおすことにしました。もう一本《ぽん》の足《あし》とまったくおなじというわけにはいきませんが、じょ

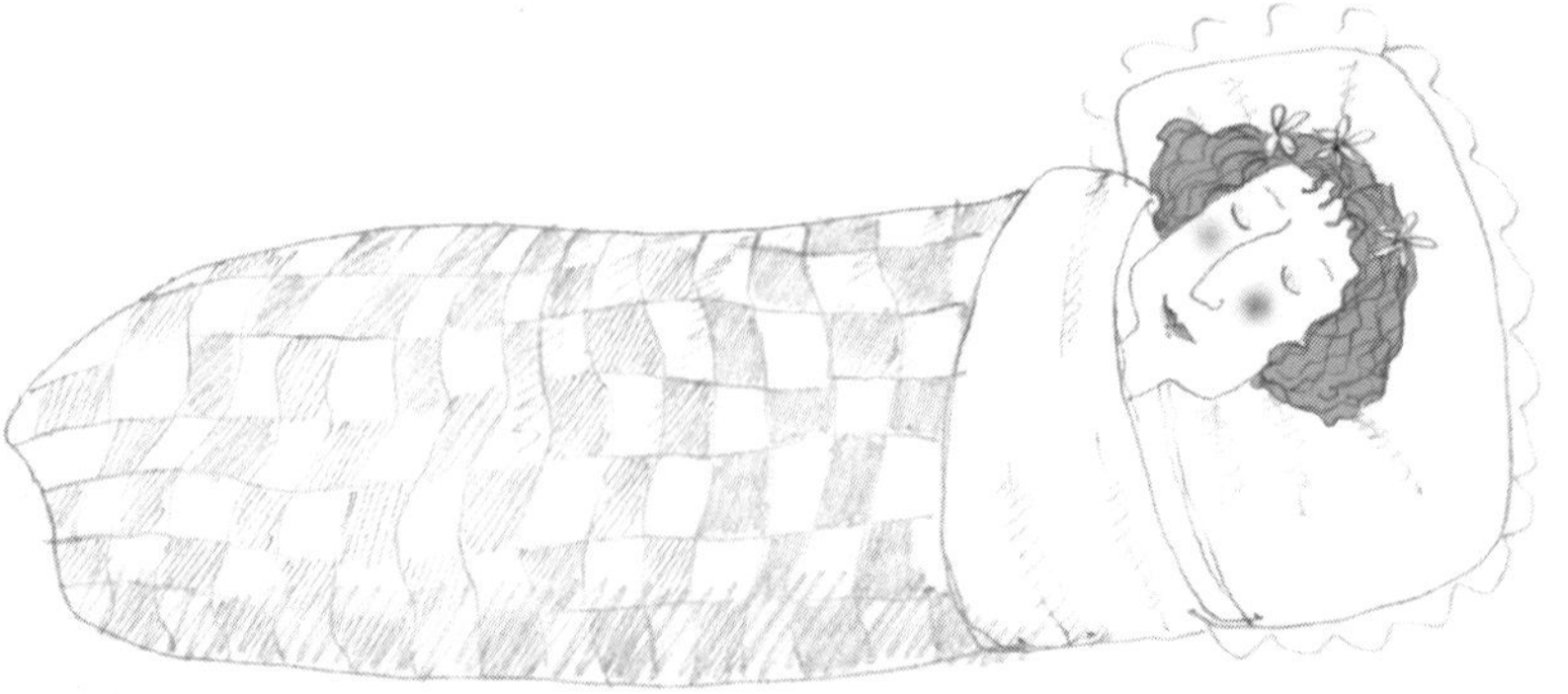

うぶな足《あし》にはちがいありません。それにくらべて、とれたうでをつけなおすのは、かんたんなことでした。

つぎに、親方《おやかた》は髪《かみ》にとりかかりました。赤《あか》い髪《かみ》のふさを頭《あたま》につけていき、ねじってピンでとめました。それから、顔《かお》のきずを直《なお》すと、にっこりとほほえんだくちびると、きらきらかがやく目《め》を、絵《え》の具《ぐ》でかきました。

「さて、お人形《にんぎょう》さん、あとひつようなのは、新《あたら》しい洋服《ようふく》だけだな。」

親方《おやかた》は、まるで伯爵夫人《はくしゃくふじん》のために作《つく》られたかのようにぴったりな黄色《きいろ》いドレスと、赤《あか》いくつをさがしだしました。

自分《じぶん》の仕事《しごと》にすっかりまんぞくした親方《おやかた》は、伯爵夫人《はくしゃくふじん》を、しごと場《ば》の台《だい》の上《うえ》にすわらせて、じっくり見《み》ました。けっさくです。

「さて、あなたは、あしたもここにいるのかな？」

親方《おやかた》はそういうと、しごと場《ば》のドアを閉《し》めて、でていきました。

伯爵夫人《はくしゃくふじん》は、親方《おやかた》の言葉《ことば》で目《め》をさましました。生《い》きている、そう思《おも》ったしゅんかん、伯爵夫人《はくしゃくふじん》のむねはよろこびでいっぱいになりました。親方《おやかた》がいってしまったことをたしかめると、伯爵夫人《はくしゃくふじん》は立《た》ちあがり、うでや足《あし》が動《うご》くかどうか、ためしてみました。すると思《おも》いもよらなかったことに、これまでは、ぎくしゃくとしか動《うご》かせなかったうでや足《あし》が、とってもやわらかく動《うご》いたのです！　伯爵夫人《はくしゃくふじん》は、びっくりしました。なんと、つまさきにさわることだってできます。うれしさのあまり伯爵夫《はくしゃくふ》人《じん》は、これまでいちどもやったことがないことをしてみました。ダンスです！

ちょうどそのとき、しごと場《ば》のドアがしずかに開《ひら》きました。伯爵夫人《はくしゃくふじん》はおどるのをやめ、立《た》ちすくみました。

「またお目《め》にかかれて、よかった。」

と、ミスター・ウルフが、いいました。

「みんな、あなたのことを、とても心配《しんぱい》していたんだよ。」

伯爵夫人《はくしゃくふじん》は、ミスター・ウルフがしごと場《ば》に入《はい》ってくるのを、じっと見《み》ていました。そして、このオオカミのあやつり人《にん》形《ぎょう》がとてもやさしそうな顔《かお》をしていることに、気《き》がつきました。

「わたくし、ここに長《なが》いこといたのかしら?」

「ほんの一週間《しゅうかん》さ。あんなにひどいけがだったのにね。」

「ネズミさんやネズミのおくさん、それにほかの人形《にんぎょう》たちはぶじですの?」

「チンタンいがいはね。あなたがつかまったあの日《ひ》いらい、だれもチンタンを見《み》てい

ないんだ。ゆくえふめいなんだよ。」

「まあ、なんてこと。すべてわたくしのせいですわ。わたくしがあんなことをしなければ……。」

ミスター・ウルフが、口《くち》をはさみました。

「泣《な》いてはいけない。泣《な》いたりしたら、せっかくの新《あたら》しい顔《かお》がだいなしだ。」

伯爵夫人《はくしゃくふじん》は、チンタンになにが起《お》こったのか、おぼえているかぎりのことを全部《ぜんぶ》、ミスター・ウルフに説明《せつめい》しました。かんり人《にん》がチンタンを、上着《うわぎ》のポケットに入《い》れるのを見《み》たことも話《はな》しました。

ミスター・ウルフは、しばらく考《かんが》えてから、いいました。

「てつだってもらえるだろうか？　あぶないことなんだが。」

「もちろんですわ。」

と、伯爵夫人《はくしゃくふじん》はこたえました。

「でも、まずお礼《れい》をいわなくては。」

伯爵夫人《はくしゃくふじん》はそういうと、びんからえんぴつをとりました。そして、うつくしい字《じ》で、あやつり人形《にんぎょう》の親方《おやかた》にあてて、こう書《か》きました。

「ほんとうにありがとうございました。心《こころ》のおくから、感謝《かんしゃ》をこめて。」

そして、さいごに「伯爵夫人《はくしゃくふじん》より」と、サインしました。

19

ニャーゴは、クッションの上《うえ》でまるまっていました。伯爵夫人《はくしゃくふじん》のこうげきがとてもきいたらしく、前足《まえあし》には、まだほうたいがまいてあります。こんなにみっともないすがたは、だれにも見《み》せられません。なんといっても、ニャーゴは、公園《こうえん》のトラであり、ヒョウであって、けっして、前足《まえあし》をひきずった、ただのネコではないはずなのですから。

いっぽうチンタンはというと、だんろの上《うえ》に置《お》かれていました。なんどもにげようとしたのですが、いつもしっぱいに終《お》わっていました。にげようとするたびに、かんり人《にん》にひょいとつまみあげられて、

「あぶないところだったなあ！　ニャーゴにつかまっちまうぞ、かわいい人形《にんぎょう》さん。」

と、いわれてしまうのです。

かんり人《にん》が、どうしてチンタンのことをとくべつな人形《にんぎょう》だと思《おも》っているのか、チンタン本人《ほんにん》には、さっぱりわかりませんでした。でも、チンタンを見《み》るかんり人《にん》の目《め》は、いつもほほえんでいました。

ここへ来《き》て四日目《かめ》のことです。かんり人《にん》が自分《じぶん》のむすめと電話《でんわ》で話《はな》している声《こえ》が、チンタンの耳《みみ》に入《はい》ってきました。やがて、かんり人《にん》が話《はな》しているのが、自分《じぶん》のことだということに、チンタンは気《き》がつきました。

「ほら、おまえが小《ちい》さいころにもってた、あの人形《にんぎょう》をおぼえてるかい？　ああ、母《かあ》さんがおまえのために作《つく》ったやつだ。あれはほんとにていねいに作《つく》ってあったんだぞ。全部《ぜんぶ》手《て》ぬいでね。一はり一はり心《こころ》をこめてぬっていたっけなあ。おまえがあかんぼうだったころは、いつでもおまえのそばにあったもんさ。

おまえが大《おお》きくなってうちを出《で》たとき、父《とう》さんたちは、あの人形《にんぎょう》を食器《しょっき》だなにしまったんだ。そう、そうだよ。それで、おまえにはとてもしんじられないかもしれんが、父《とう》さんは、あれとそっくりの人形《にんぎょう》を、公園《こうえん》でひろったんだよ。」

かんり人《にん》の話《はなし》を聞《き》いているうちに、チンタンのわすれていたきおくがすべてよみがえってきました。そう、チンタンは、あかんぼうのおもちゃだったのです。あかんぼうが生《う》まれると、すやすやねむるその子《こ》たちのそばで、ずっと見《み》まもるのが役目《やくめ》でした。ベビーベッドのなかで、うばぐるまのなかで、チンタンは、いつもあかんぼうといっしょでした。そして、そのあかんぼうが大《おお》きくなってしまうと、つぎのあかんぼ

うが生《う》まれてくるまで、安全《あんぜん》なところにしまわれて、また出番《でばん》をまつのでした。

チンタンは考《かんが》えました。もしあたしに陶器《とうき》の手《て》がついていたら、きっとあかちゃんの横《よこ》には、置《お》いてもらえなかったわね。だって、あかちゃんのはだは、とってもやわらかいんですもの。チンタンのむねが、高鳴《たかな》りました。あたしは、とくべつなんだわ。あたしは、愛《あい》をこめて作《つく》られた〈ハンドメイド〉なんだわ。

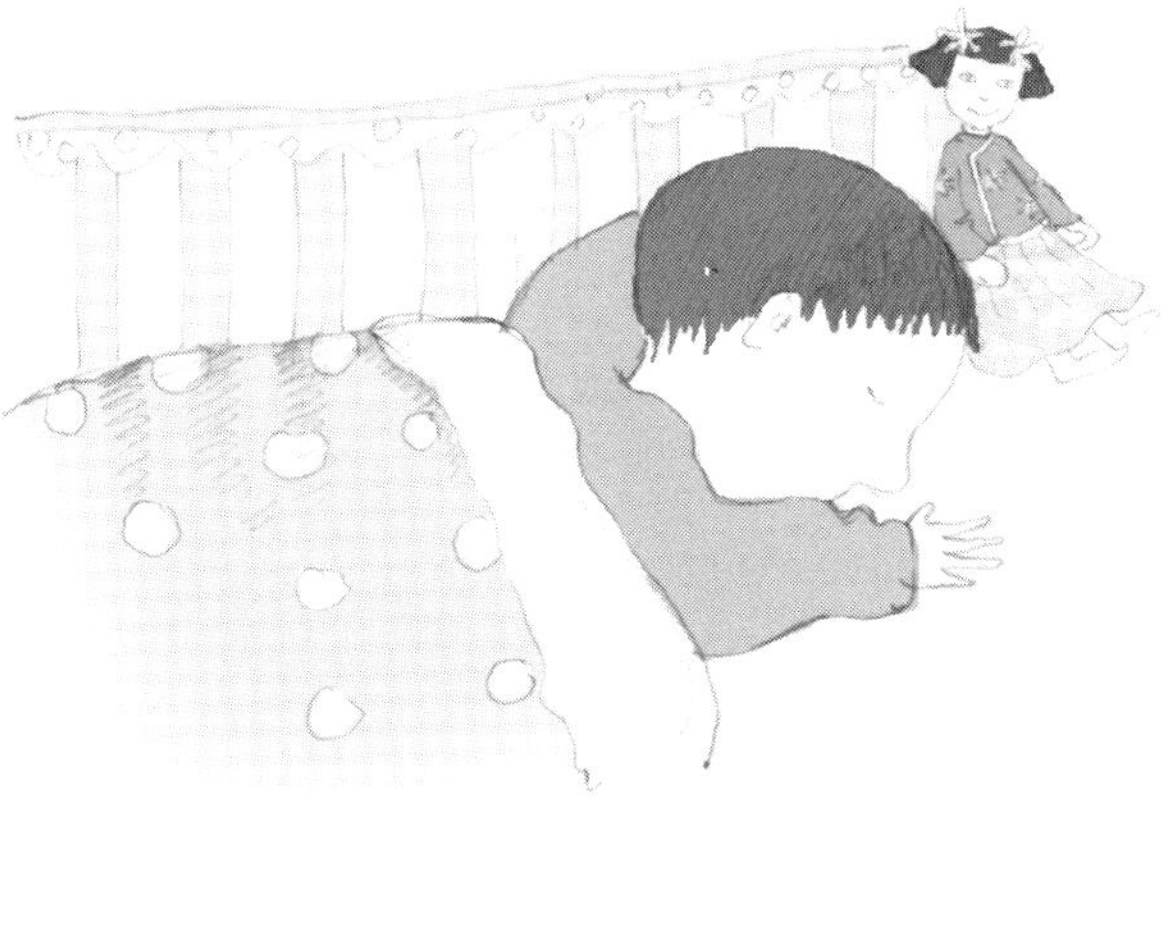

ニャーゴは、その日《ひ》、獣医《じゅうい》さんの最後《さいご》のしんさつを受《う》けることになっていました。かんり人《にん》は、あばれたり、ひっかいたりするニャーゴに、さんざん手《て》こずりながらも、なんとかつかまえると、バスケットのなかにおしこみました。

ニャーゴは、ニャーニャーと鳴《な》いておこりましたが、かんり人《にん》は知《し》らん顔《かお》で、

「すぐ終《お》わっちまうさ。」

というと、バスケットをもって出《で》かけていきました。

さあ、二度《ど》とないチャンスです。チンタンは、どうやってにげようかと考《かんが》えました。そのときです。開《あ》けてあったまどから、とがった鼻《はな》と、白《しろ》くてするどい歯《は》がつっこまれるのが見《み》えました。なんてこと！　チンタンはあわてました。こんなときにニャーゴよりおそろしいけものがやってくるなんて！

ミスター・ウルフは、まどをもうすこし開《あ》けました。そして、伯爵夫人《はくしゃくふじん》をまどのわくのところに置《お》き、

「チンタンは、いるかい?」

と、小声《こごえ》で聞《き》きました。

伯爵夫人《はくしゃくふじん》は、台所《だいどころ》のテーブルにとびおりて、まわりを見《み》まわしました。

チンタンは、自分《じぶん》の目《め》がしんじられませんでした。にっこりとほほえんでいるこのすてきな女《おんな》の人《ひと》はもしかして、あのがみがみ屋《や》の伯爵《はくしゃく》夫人《ふじん》かしら。

「伯爵夫人《はくしゃくふじん》、あなたなの?」

チンタンは、希望《きぼう》をこめて声《こえ》をかけました。

「まあ、チンタン。ぶじだったのね。なんてすばらしいんでしょう! 見《み》つけたわ、チンタン

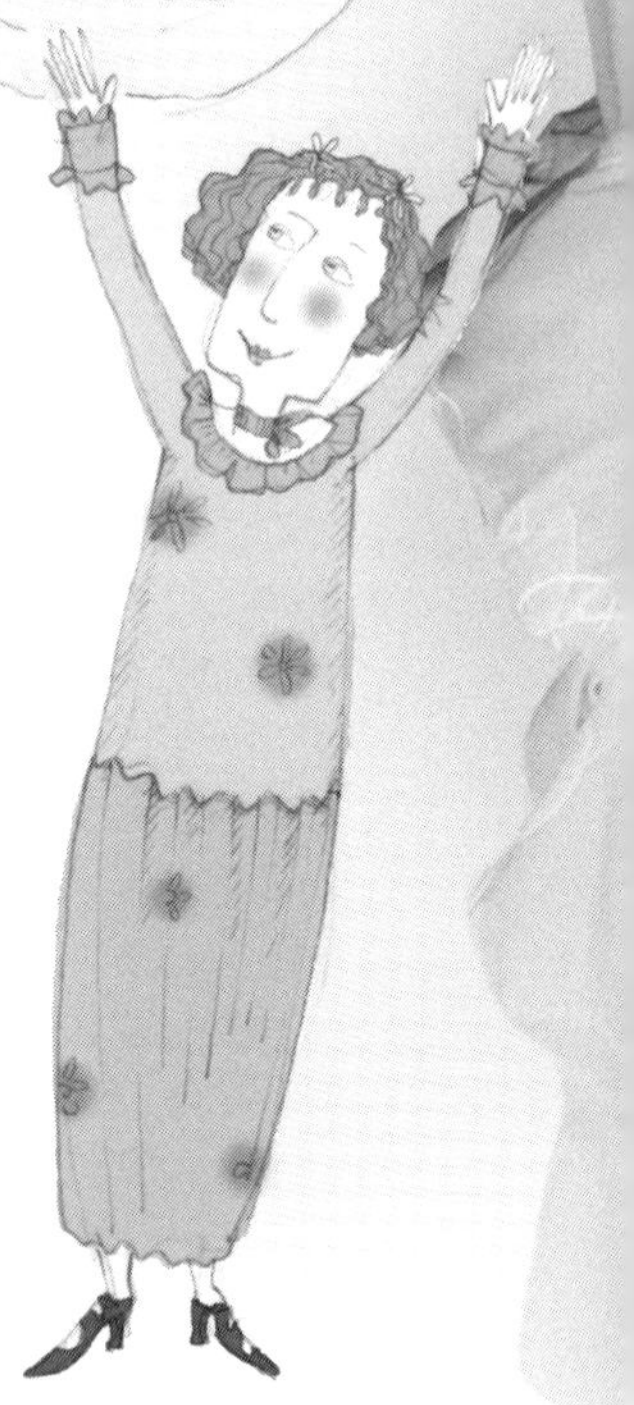

を見《み》つけたのよ！」

伯爵夫人《はくしゃくふじん》は、さけびました。ミスター・ウルフも、部屋《へや》に入《はい》りこんできて、だんろの上《うえ》からチンタンをおろしてくれました。それは、ほんとうに間一髪《かんいっぱつ》のところでした。かんり人《にん》が、わすれものをとりに、もどってきたのです。ミスター・ウルフが、チンタンと伯爵夫人《はくしゃくふじん》をしっかりかかえて、まどから外《そと》へ出《で》たときちょうど、げんかんのほうで、ドアのかぎを開《あ》ける音《おと》がしました。

ネズミさんとネズミのおくさんは、その日《ひ》の夕方《ゆうがた》、アーンストの婚《こん》約《やく》パーティーを開《ひら》こうとしていました。ネズミさんのけがは、もうほとんどなおっていました。しっぽがまがっているということをべつにすれば、ネズミさんがネコとたたかったなんて思《おも》えないほどです。

この一週間《しゅうかん》は、だれにとっても、つらくて悲《かな》しい一週間《しゅうかん》でした。みんな、チンタンには二度《ど》と会《あ》えないと、思《おも》っていました。それに、ミツバチからもミスター・ウルフからも、なんの知《し》らせもなかったので、伯爵夫人《はくしゃくふじん》がはたして助《たす》かったのかどうかも、わからないままでした。

「パーティーを開《ひら》いて、気《き》もちにけりをつけよう。」

と、ネズミさんはいいました。

「わしらは、これからも公園《こうえん》で生《い》きていかなくちゃならん。うじうじしていても、どうにもならんのだ。」

みんなは、アーンストの婚約《こんやく》パーティーのために、できるだけのことをしました。

ネズミさんとキルトは、テーブルをいくつか外《そと》にはこびだし、テーブルどうしをくっつけて大《おお》きな布《ぬの》をかけました。まわりには、家《いえ》じゅうのいすが、ならべられました。ブーラーは、家《いえ》の上《うえ》にはりだしている枝《えだ》に、ランタンをぶらさげました。

「まるで絵《え》のようね。」

一日《にち》じゅう料理《りょうり》に追《お》われていたネズミのおくさんが、感心《かんしん》したようにいいました。料理《りょうり》は、たくさんありました。これなら、二週間《しゅうかん》は食《た》べ

もの集《あつ》めにいかなくてもいいな、とネズミさんがいったくらいです。そしてみんなは、せいいっぱいおしゃれをしました。

アーンストは婚約者《こんやくしゃ》といっしょに、まっさきにやってきました。つづいて、としよりネズミにわかいネズミ、大《おお》きなネズミに小《ちい》さなネズミといった、いろんな親《しん》せきが、わんさとつめかけてきます。小《ちい》さなクマのぬいぐるみまでやってきたのを見《み》て、スティッチはおどろきました。

そのクマのぬいぐるみはブーラーに、自分《じぶん》がふんすいのむこうのネズミの一家《いっか》とくらしていることを話《はな》し、いつかぜひスティッチに遊《あそ》びにきてほしいといいました。
みんなが席《せき》につくと、ネズミさんが自分《じぶん》のグラスをスプーンで軽《かる》くたたきました。
「しんあいなるみなさん、食事《しょくじ》を始《はじ》めるまえに、かんぱいをしましょう。アーンストとアーミントルードのために、そして、ここにはいない友人《ゆうじん》たちのために。」
みんなはグラスをもちあげ、チンタンと伯爵《はくしゃく》夫人《ふじん》のめいふくをいのりました。

やがて悲《かな》しみをふりはらうと、みんなは、食《た》べたりしゃべったり、楽団《がくだん》のえんそうに耳《みみ》をかたむけたりしはじめました。

そのときとつぜん、やぶがさがさと動《うご》き、ミスター・ウルフが顔《かお》をのぞかせました。

「こ、こんばんは。」

ネズミさんが、ちょっとうわずった声《こえ》でいいました。

「こんなささやかなパーティーに、あなたのようなスターが来《き》てくださるなんて、光栄《こうえい》ですな。」

「それはどうもありがとう。」

と、ミスター・ウルフがいいました。

「友《とも》だちをふたりつれてきたんだが、かまわないかな?」

「人数《にんずう》がふえれば、ますます楽《たの》しくなりますよ。」

と、ネズミのおくさんがいいました。

するとミスター・ウルフのうしろから、チンタンが、はずかしそうに顔《かお》を出《だ》したのです。はっといきをのみ、人形《にんぎょう》たちは、チンタンにかけよりました。

「まって。まだおどろくことがあるのよ。」

そういうと、チンタンは、やぶのほうをゆびさしました。

だれもが言葉《ことば》をうしないました。そこには、伯爵夫人《はくしゃくふじん》がいたのです。でも、この人《ひと》が、ほんとうにあの気《き》むずかし屋《や》の伯爵夫人《はくしゃくふじん》なのでしょうか？

伯爵夫人《はくしゃくふじん》は、まず、まっすぐネズミのおくさんのところへいきました。

「わたくし、おくさんやほかのみなさんに、とんでもなく失礼《しつれい》なふるまいをしましたわ。それに、とてもひどいこともいいました。ほんとうにごめんなさい。」

「もういいんですよ、そんなこと。それより、すっかり見《み》ちがえましたよ！」

ネズミのおくさんは、顔《かお》をかがやかせながらいいました。伯爵夫人《はくしゃくふじん》はつづけました。

「いいわけなんてできないってわかっていますけれど、わたくしがあんなにいじわるだったのは、体《からだ》のなかに、ごわごわしたおがくずがつまっていたせいだと思《おも》うんです。」

スティッチは、伯爵夫人《はくしゃくふじん》のところへ走《はし》っていくと、ぎゅっとだきしめました。

「ほんとうだ。すっごくやわらかいや！」

「あなたが、ぼくたちを、ニャーゴから助《たす》けてくれたんですよ。あなたがいなかったら、ぼくたちはみんな、死《し》んでいたでしょう。」

と、ブーラーがいいました。

「あなたは、とてもゆうかんでしたぞ。帰《かえ》ってきてくれて、ほんとうにうれしいです。」

ネズミさんも、いいました。

「伯爵夫人《はくしゃくふじん》にかんぱい！」

と、キルトがさけびました。

「かんぱい！　かんぱい！」

あちらこちらから声《こえ》があがります。

ネズミさんがいいました。

「さあ、パーティーを始《はじ》めよう！」

作·絵　サリー・ガードナー
Sally Gardner

ロンドンに生まれ育つ。難読症のため14歳まで読み書きができなかったが、やがて美術の才能に気づき、アートカレッジで本格的に絵を学ぶ。その後15年にわたって劇場に勤務し、舞台美術や舞台衣装のデザイナーとして活躍。出産を機に児童書の創作を始め、多くの絵本や童話を発表。2005年には初の長編小説" I, Coriander" がネスレ児童図書賞金賞を受賞。

訳　村上　利佳
むらかみ　りか

南山大学外国語学部英米科卒業。商事会社に勤務後、結婚を経て翻訳の勉強を始める。児童書の翻訳家をめざすオンラインクラブ《やまねこ翻訳クラブ》に参加し、現在はスタッフとして活動中。名古屋市在住。本書が初めての訳書となる。

装丁／矢野 徳子（島津デザイン事務所）

気むずかしやの伯爵《はくしゃく》夫人《ふじん》

2007年5月 1刷　2025年3月 16刷

作者………サリー・ガードナー
訳者………村上　利佳
発行者……今村　雄二
発行所……偕成社　〒162-8450 東京都新宿区市谷砂土原町3-5
電話 03-3260-3221（販売部）03-3260-3229（編集部）
https://www.kaiseisha.co.jp/
印刷所……中央精版印刷株式会社　小宮山印刷株式会社
製本所……株式会社常川製本

NDC933 174P. 22cm ISBN978-4-03-521510-3